오셀로

.

MINI BOOK
CLOUD
LIBRARY
43

오셀로

The Tragedy of Othello

윌리엄 셰익스피어 지음
엄인정 옮김

생각뿔

차례

등장인물   6
1막   7
2막   47
3막   89
4막   135
5막   175
작품 해설   210
작가 연보   221

〈등장인물〉

오셀로 베니스 군대의 장군인 무어인
데스데모나 오셀로의 아내이자 브라밴쇼의 딸
브라밴쇼 베니스 의회 의원
캐시오 오셀로의 부관
이아고 오셀로의 기수
로더리고 베니스의 귀족
에밀리아 이아고의 아내
비앙카 캐시오의 정부
몬타노 키프로스의 총독
그라시아노 브라밴쇼의 동생
로도비코 브라밴쇼의 친척
원로원의 의원들
기타 장교와 선원, 전달자, 병사들, 귀족들, 연주자들, 시종들

〈장소〉

1막 베니스
2막~5막 키프로스

The Tragedy of Othello

1장

(로더리고와 이아고 등장)

로더리고 쳇, 말도 안 되는 일이야. 정말 섭섭하군.
　　　　내 지갑의 돈을 자신의 것처럼 써 온 이아고 자네가
　　　　이 사실 정도는 알고 있어야 하지 않겠나.
이아고 젠장. 정말 제 말은 전혀 듣지 않고 계시네요.
　　　　이런 일이 벌어질 걸 꿈에서라도 알았다면,
　　　　그땐 저를 증오해도 됩니다.
로더리고 자네는 그 입으로 그 작자를 싫어한다고 했어.
이아고 제가 그자를 싫어하지 않는다면
　　　　저를 비난해도 좋습니다.
　　　　이 도시에서 힘 좀 쓸 줄 아는 세 명이
　　　　저를 그 사람의 부관(지휘관의 작전 명령 외 모든 명령 처리
　　　　와 행정 업무를 담당하는 참모)으로 삼아 달라고 청했지요.
　　　　맹세컨대 저는 제 가치를 그 누구보다
　　　　가장 잘 알고 있습니다.
　　　　그 자리에 앉을 자격은 충분하지요.
　　　　하지만 거만함으로 똘똘 뭉쳐 으스대는 그자는
　　　　전쟁 용어만 가득 섞인 말을 늘어놓으면서
　　　　그 사람들을 슬슬 피하더란 게 아닙니까.
　　　　결국 추천된 저를 거절한 것이지요. 그자는 분명
　　　　"전 이미 부관을 정했습니다."라고 말했다는데

그자가 고른 부관이라는 작자가 누군지 아세요?
책상머리에 앉아 이론에만 능하신 피렌체 출신의
마이클 캐시오라는 놈이랍니다.
전쟁터에 나가 군대 한 소대도 이끌어 본 적이 없으니
작전이란 걸 알지도 못하는 놈이지요.
얼굴 반반한 계집에게 빠져 허우적대면서 전투라고는
실 잣는 여인보다도 모르는 작자입니다.
그럴 바에는 토가(로마의 남성들이 시민이라는 것을 나타낼
때 입는 낙낙하고 긴 겉옷)를 입은 의원들도
그놈만큼은 할 수 있을 정도지요.
실전은 전혀 알지 못한 채 입만 살아서
나불대는 게 그 작자의 군대 경력이라고
할 수 있다는 겁니다.
바로 그런 놈이 부관이 되었습니다.
로즈, 키프로스, 여러 기독교 땅과 이도교 땅에서도
오셀로의 눈앞에서 확실한 전투를 보여 준 제가
장부 정리나 해야 할 놈에게 앞길이 막혀 버렸단 말입니다.
그런 작자가 부관인데
제기랄, 저라는 놈은 그저 오셀로의 기수(행사 등의 맨 앞
에서 기를 들고 서 있는 사람)를 하게 되었습니다.

로더리고 내가 만약 자네였다면
그 작자의 목을 매달았을 걸세.

이아고 제가 뭐 어쩌겠습니까. 군인 노릇이 이렇게 더러운데.
순서에 맞게 진급하는 게 아니라

추천장과 총애에 따라서 진급이 되니 말입니다.

자, 이제 생각해 보세요.

제가 왜 저 무어인(이슬람교도)을 좋아할 수 없는지

이제 감이 잡히십니까?

로더리고 나라면 그 작자를 따르지 않을 거야.

이아고 아니, 진정하시지요.

전 오로지 제 이익을 위해 그를 따르고 있는 것입니다.

나리께서도 그런 작자들을 많이 만나셨겠지요.

무릎을 굽히면서 충성을 맹세하고,

노새처럼 먹이만 줘도 비굴하게 의무를 다하며,

인생을 허비하는 자들요. 그렇게 해서 얻는 거라고는 그저

여물뿐인 채로 늙으면 쫓겨나 버리는 자들이지요.

그렇게 정직하게 충성을 맹세하는 녀석들은

혼이 한번 나야 합니다.

하지만 겉으로는 충성하는 것처럼 꾸며 대도

결국에는 자기 자신만 챙기는 자들도 있지요.

그들은 겉으로는 지체 높으신 분들을 섬기는 척하지만

그들을 이용해 얻을 수 있는 걸 얻고, 그 이후에는

자기만 챙기는 자들입니다.

이런 자들이 제정신인 사람들이지요.

그리고 제가 바로 그런 사람이란 말입니다.

나리께서 로더리고 님인 것은 분명합니다.

제가 무어인이라면, 저는 이아고가 아닐 것입니다.

저는 그를 섬기는 척 따르지만, 저는 저를 믿을 뿐입니다.

제가 사랑으로 충성심을 발휘하는 것처럼 보이지만
사실은 특별한 이유가 있어서
그런 척하는 거라는 건 하늘이 알 것입니다.
본래의 제 의도와 동기가 겉으로 보이는
행동에 다 드러난다면
제 심장은 소매 위에 걸어 두고
비둘기에게 쪼아 먹힐 겁니다.
저는 있는 그대로의 모습이 아닙니다.

로더리고 그 입술 두꺼운 녀석이 그 일을 해낸다면,
운이 좋은 거지!

이아고 그 여자의 아버지를 불러내세요.
그를 깨워 오셀로를 뒤쫓아 그자의 기쁨을 망쳐 놓고
거리에서 그자 행실을 소문내세요.
그 여자의 친척들을 자극하고
행복에 겨워하는 그 기분에 파리 떼가 꼬이게 하세요.
그자의 기쁨이 넘쳐나고 있답니다.
그것을 고통으로 맞바꾸고 괴롭혀야지만
그 행복이 사라지게 될 거예요.

로더리고 여기가 아가씨 집이라네. 내가 큰 소리로 부르겠네.

이아고 그러세요. 밤중이라 관리가 소홀한 틈을 타서
사람이 많이 사는 도시에 불이라도 난 것처럼
겁에 질린 목소리로 길이 떠나가듯 소리를 치세요.

로더리고 저기, 브라밴쇼 님! 브라밴쇼 의원님! 계시나요?

이아고 일어나세요! 브라밴쇼 의원님.

도둑이 들었어요, 도둑요!
집 안을 잘 살펴보시고, 따님과 돈이 든
금고를 찾아보세요.
도둑이라고요, 도둑!

(위에서 브라밴쇼 등장)

브라밴쇼 누가 이렇게 소란을 피우는 거지?
　　　거기, 무슨 일이냐?
로더리고 의원님, 가족들은 모두 안에 계시나요?
이아고 문은요? 잘 닫으셨나요?
브라밴쇼 아니, 그건 대체 왜 묻는 거지?
이아고 이런, 의원님. 지금 도둑맞았습니다!
　　　우선 가운부터 걸치세요.
　　　의원님 영혼의 절반을 잃은 셈이니,
　　　심장이 터질 것 같을 겁니다.
　　　지금, 바로 이 순간에도 시커먼 늙은 숫양이
　　　의원님의 흰 암양을 덮치고 있습니다.
　　　그러니 일어나세요, 일어나.
　　　종을 쳐 곤히 잠든 시민을 깨우십시오.
　　　그렇지 않으면 악마가 나리에게
　　　할아버지라고 부를지도 모릅니다.
　　　일어나십시오. 일어나.
브라밴쇼 뭔 소리지? 정신이 나간 게냐?

로더리고 존경하는 의원님, 제 목소리를
　　　　알아들으시겠습니까?

브라밴쇼 모르겠구나. 넌 누구냐?

로더리고 제 이름은 로더리고입니다.

브라밴쇼 반가운 이름은 절대 아니구나!
　　　　내가 우리 집 주변에는 절대 얼씬도 하지 말라고 일렀거늘!
　　　　내 딸을 자네에게는 결코 줄 수 없다고 말하지 않았느냐.
　　　　그런데 이 늦은 시각에 미친놈처럼 술에 취해
　　　　말도 안 되는 용기를 품고 이렇게 찾아와
　　　　내 평온한 밤잠을 깨게 만들다니!

로더리고 의원님, 의원님. 제발요.

브라밴쇼 분명하게 말할 테니 명심해라.
　　　　내 성격으로 보나 지위로 보나
　　　　자네가 이렇게 일을 저지른 것에 대해
　　　　대가를 치르게 할 수 있다.

로더리고 진정하십시오, 나리.

브라밴쇼 그리고 내가 도둑맞았다고? 여기는 베니스라네.
　　　　멀리 떨어진 시골 농장이 아니란 말이야.

로더리고 근엄하신 브라밴쇼 의원님,
　　　　저는 순수한 마음으로 의원님을 찾아왔습니다.

이아고 정말입니다. 나리는 악마가 시키면
　　　　하느님도 섬기지 않을 분이십니다.
　　　　저희는 의원님을 도우러 온 게 맞습니다.
　　　　그런 저희를 악당으로 여기시다니요.

그러시다가 바바리에서 온 수말이
따님을 짓눌러, 히힝거리며
인사하는 의원님의 외손자들을 맞이하게 될 것이고,
날쌘 준마를 친척으로, 스페인 산 조랑말을
혈육으로 받아들이셔야 할 겁니다.

브라밴쇼 아니, 네놈은 또 어떤 작자인가?

이아고 저는 의원님의 따님이 무어인과 뒤엉켜 등이 둘 달린
짐승이 되어 있다고 알리러 온 사람입니다.

브라밴쇼 아니, 이런 나쁜 놈을 보았나.

이아고 나리께서는 의원님이시지요.

브라밴쇼 내 반드시 이런 일을 벌인 대가를 치르게 할 것이다.
로더리고라고 했겠다.

로더리고 의원님, 그 어떤 대가라도 치르겠습니다.
하지만 의원님이 다 알고서도 허락한 일인지
알려 주십시오.
이제 보니 그런 것도 같습니다만…….
아름다운 따님께서
모두 잠들어 조용한 때를 틈타
돈만 주면 누구라도 태워 주는 뱃사공을 불러
호위병 한 명 없이 천한 무어인의 품 안으로
들어가셨습니다.
이 일에 대해 이미 알고 계시고, 허락까지 하신 거라면
저희가 주제넘게 건방을 떤 것이라 인정하겠습니다.
하지만 이 일에 대해 의원님이 모르고 계셨다면,

미천한 제가 알고 있는 상식으로는
저희를 나무라신 건 잘못된 일입니다.
그러니 저희가 무례하게 존경하는 의원님을 놀리거나
장난을 친다고 여기지 말아 주십시오.
다시 말씀드리지만, 나리가 허락한 일이 아니라면
따님께서는 정처 없이 떠도는 이방인에게
자신의 도리와 미모, 지혜와 운명까지 내맡기는
위험한 탈선을 저지른 게 분명합니다. 확인해 보십시오.
따님께서 집에 계신다면,
저희를 의원님을 기만했다는 죄명으로
엄히 다스린다 해도 달게 받겠습니다.

브라밴쇼 여봐라, 얼른 불을 밝혀 보아라!
촛불을 가져오고 집안사람 전부를 깨워라!
어째 꿈이 뒤숭숭하더니만 이런 일이 생기고 말았구나.
벌써 사실인 것 같아 깊은 슬픔이 온다.
불, 불을 밝히라 하지 않았느냐! (퇴장)

이아고 전 이제 가 보겠습니다.
더 머물다가 무어인에게 불리한 말을 한 게 드러나면
저에게 득이 될 건 없지요.
이런 일로 그자에게 큰 벌이 내려진대도
나라에서는 쉽게 그를 해임하지 않을 것입니다.
곧 벌어질 키프로스에서의 전쟁에는
그자가 투입될 게 분명하거든요.
의원들이 아무리 궁리한다고 해도

이 일을 해낼 능력이 있는 자라고는
무어인밖에 없으니까. 이런 이유로,
비록 지옥의 고통만큼 그를 증오하지만
지금의 제 사정으로는 충성하는 척할 수밖에 없습니다.
물론 거짓이지만요.
수색대가 그놈을 찾게 하려면 활을 든 반인반마가
간판에 그려진 여관으로 보내세요.
전 그곳에 그자와 함께 있겠습니다. 그럼 이따 뵙지요.
(퇴장)

(가운을 걸친 브라밴쇼와 횃불을 든 하인 등장)

브라밴쇼   정말 끔찍한 일이 생겨 버렸어.
딸년이 사라지다니 말이야.
이제 내 여생은 웃음거리가 되는 일만 남았군.
(로더리고에게) 이보게, 내 딸을 어디서 보았지?
아, 불쌍한 아이구나. 무어인과 함께라고?
이래서 누가 아비가 되려고 하겠는가!
(로더리고에게) 그게 내 딸이라는 건 어찌 알았지?
아, 딸년이 나를 속이다니! 상상도 못 한 일이구나!
(하인들에게) 촛불을 더 가져와라.
가족들 전부를 깨워라.
(로더리고에게) 둘이 결혼을 약속한 것 같던가?
로더리고   분명 그래 보였습니다.

브라밴쇼 오, 신이시여. 어떻게 집을 빠져나갔지?

아, 혈육이 배신하다니!

이 세상 아버지들이여, 이제 딸년의 행동만으로

그 마음을 믿지 마시길.

젊은 처녀들의 마음을 홀리는 어떤 마법에 대해

읽은 적이 있는가, 로더리고?

로더리고 네, 읽은 적이 있지요.

브라밴쇼 (하인에게) 내 동생을 부르거라.

(로더리고에게) 오, 이럴 바에는 자네에게 주는 건데!

(하인들에게) 너희는 이쪽으로, 너희는 저쪽으로 가거라.

(로더리고에게) 자네는 아는가.

어디로 가야 내 딸년과 그 무어 놈을 잡을 수 있는 게지?

로더리고 제게 호위병 몇 명을 주시고

의원님이 저와 함께 움직이시면 그자를 찾을 수 있습니다.

브라밴쇼 어서 앞장서게나.

집마다 들러 최대한 사람을 모으겠네.

모두 무기를 들어라! 특수 야경 대원들도 부르거라.

가세나, 로더리고. 내 자네 노고를 꼭 기억하겠네. (퇴장)

2장

(오셀로, 이아고, 횃불을 든 시종 등장)

이아고 전쟁터에서 사람을 많이 죽여 봤지만,
고의로 살인하지 않는 건 양심의 문제라고
여겨 왔습니다. 저는 제 이득을 위해 부당한 짓을
할 만한 사람이 못 됩니다. 그렇지만 아홉 번, 열 번 정도는
그 작자의 갈빗대 아래쪽을 찔러 버릴까 생각했습니다.

오셀로 그대로 두는 건 잘 선택했네.

이아고 하지만 그놈은 장군님의 명예를 실추시키는
무례하고도 모욕적인 말을 떠벌리고 다닙니다.
제가 고상한 성미는 없는 터라
참는 게 여간 힘든 게 아닙니다. 그런데 장군님,
정말 확실하게 결혼하신 겁니까? 분명히 아셔야 합니다.

브라밴쇼 의원은 이곳에서 대단한 존경을 받고 있어서
실제로도 공작만큼이나 큰 발언권을 갖고 있습니다.
그분은 법이 허락한다면, 온 힘을 쏟아서
두 분을 이혼시키거나, 이혼할 때까지 괴롭힐 것입니다.

오셀로 어디 한번 해보라지.
내가 이 나라를 위해 한 봉사는
그 의원의 불평보다 더 큰 힘이 있지.
아직 다들 모르겠지만,
그 자랑이 명예가 된다는 걸 알게 될 때

사실을 밝힐 것인데, 나는 사실 왕족 출신이네.
내 공적을 자랑스럽고 떳떳하게 말할 수 있는 건
행운이라고 할 수도 있는 거지.
하지만 이아고, 분명히 알아 둬야 하네.
내가 고귀한 데스데모나를 사랑하지 않았다면,
바다의 모든 보물을 나에게 다 준다고 해도
자유로운 나의 영혼을 가정 따위에 묶어 두지 않았을 걸세.
잠깐, 저기 불빛은 뭐지?

이아고 잠자리에서 일어난 아가씨의 아버지와
그 가족 무리입니다.
아무래도 안으로 들어가시는 게 좋겠습니다.

오셀로 아니, 그러지 않겠다. 어차피 만나야 할 사람들이지.
내 성품, 직위, 결백한 영혼을 봤을 때
그들을 피해야 할 이유는 없지. 그들이 맞는가?

이아고 아니, 아닌 것 같습니다.

(캐시오가 햇불을 든 병사들과 함께 등장)

오셀로 공작의 병사들과 내 부관이군.
밤새 전부 수고가 많군. 무슨 일인가?

캐시오 공작님께서 장군께 안부를 전했습니다.
그리고 출두하라는 명입니다. 당장 서두르시지요.

오셀로 자네가 생각했을 때 어떤 일 같은가?

캐시오 제 생각에는 키프로스에서 온 소식 때문 같습니다.

그리고 굉장히 다급한 일인 듯싶습니다.
오늘 밤 갤리선(돛과 노가 달린 군용선)에서
전달자 수십 명을 보냈습니다.
그것도 연이어서 말이지요.
의원 대부분이 잠자리에서 일어나
이미 공작님 댁에서 회의를 진행하고 있습니다.
다급하게 장군님을 찾아오라는 명령이 떨어져
원로원(로마 시대의 입법 자문 기관)에서는 장군님을 찾도록
급히 세 개의 수색대를 내보냈습니다.

오셀로   자네가 날 찾아 다행이군. 집에 들어가
한마디만 일러두고 자네와 동행하겠네. (퇴장)

캐시오   기수, 장군님이 여기 계시는 이유는 알고 있나?

이아고   장군님은 오늘 지상의 보물선에 올라타셨습니다.
그게 합법적인 전리품이 된다면, 평생의 복을
낚아챈 거지요.

캐시오   도통 뭔 소리인지 모르겠군.

이아고   장군께서 결혼하셨습니다.

캐시오   누구하고?

이아고   그게 누구냐면…….

(오셀로 등장)

이아고   장군님, 가시나요?

오셀로   자네도 함께 가지.

캐시오 저기 또 다른 무리가 장군님을 찾아오고 있습니다.

(브라밴쇼, 로더리고, 횃불과 무기를 든 사람들 등장)

이아고 브라밴쇼 의원입니다. 장군님, 몸을 조심하십시오.
　　　　의원은 분명 악의를 품고 오는 겁니다.
오셀로 게 섰거라!
로더리고 의원님, 그 무어인입니다.
브라밴쇼 여봐라! 저 도둑을 쓰러뜨리거라!
이아고 당신이 로더리고인가? 내가 당신을 상대하지.
오셀로 그 번쩍이는 칼날은 거두시오. 이슬에 녹이 슬겠소.
　　　　훌륭하신 의원님, 의원님의 연륜이라면 무기보다는
　　　　말로 호령하셔야 하지 않습니까.
브라밴쇼 아, 이 악랄한 도둑놈아! 내 딸은 어디 있느냐?
　　　　네 녀석이 내 딸에게 저주를 걸었느냐?
　　　　아무리 생각하고 다시 생각해도
　　　　그렇게 상냥하고 아름답고 행복에 겨운 내 아이가
　　　　그 추악한 마법에 걸리지 않았다면,
　　　　이 나라의 모든 귀공자와의
　　　　결혼도 마다하며 거부했는데
　　　　세상의 조롱감이 되는 걸 감수하면서, 부모의 품을 떠나
　　　　끔찍해야 할 네놈의 시커먼 품속으로
　　　　달려가는 게 맞는 말이란 말이냐?
　　　　세상 모든 사람을 불러 세워 물어보거라.

네놈이 그 아이에게
사악한 마법을 걸어 연약하고 어린 그 아이의 마음을
약하게 만든 것인지, 아닌지.
나는 이 더럽고 추악한 진실을 분명히 밝힐 것이다.
충분히 가능한 일일 것이다. 누구라도 분명하게 알 것이야.
그러니 나는 세상을 어지럽히고 금지된 저주를 사용한
죄로 네 녀석을 체포한다.
저놈을 체포하라. 만약 저항한다면
맞서 싸워서라도 제압하거라.

오셀로 모두 멈추시오, 우리 쪽도.
우리 모두 싸워야 할 때는
누군가 굳이 알려 주지 않아도 알 수 있을 겁니다.
자, 제가 의원님 고소에 답변하려면
어디로 가야 합니까?

브라밴쇼 일단 감옥으로 가지.
법이 정한 적절한 시간과 절차를 지킨 다음,
네놈에게 심문하기 전까지 갇혀 있어야 할 거야.

오셀로 제가 의원님 뜻대로 한다면 어떻게 될까요?
공작님께서 지금 국가의 긴급한 일로
이렇게 그의 전달자를 보내
저를 데려가려고 기다리고 있는데 말입니다.
그럼 공작님께서 좋아하실까요?
장교 존경하는 의원님, 이 말은 전부 사실입니다.
공작님께서 회의를 소집하셨고, 분명 의원님께도

소환 명령이 갔을 겁니다.

브라밴쇼 뭐라고? 이 늦은 시각에 회의 말이냐?

그자를 데려가거라.

하지만 내 고소도 가벼운 일은 아니다.

공작님이나 내 동료 의원 누구라 하더라도

내 일을 자기 일처럼 여길 것이야.

이런 짓에 아무런 제재를 가할 수 없다면,

노예들과 이교도들이 이 나라를 다스리고 말 거야.

(모두 퇴장)

3장

(공작과 의원들 등장. 탁자 위에 불이 켜져 있고 시종들이 있다.)

공작 이 소식들에서 도무지 일관성이라곤 찾아볼 수가 없군.
　　믿을 수가 없다는 말이오.

의원 1 정말 보고받은 내용의 앞뒤가 하나도 맞지 않습니다.
　　제가 받은 편지에는 전함이 107척이라고 했습니다.

공작 내 편지에는 140척이라고 쓰여 있었소.

의원 2 제 편지에는 200척입니다.
　　이런 편지들은 제각각 차이가 있기 마련이지요.
　　이렇듯 정확하게 숫자가 일치하지 않지만,
　　가장 중요한 건 어쨌든 간에
　　터키 함대가 키프로스섬으로 가고 있다는 겁니다.

공작 그렇지. 현재 상황으로는 그 일을 믿기에 충분하오.
　　오차가 있다는 건 문제겠지만, 중요 내용에 대해서는
　　걱정스럽지만 인정하는 바입니다.

선원 (밖에서) 이보시오! 여기요! 여기요!

(선원 등장)

병사 전함에서 온 전달자입니다.

공작 그래, 무슨 일이냐?

선원 전투 준비를 마친 터키 함대가

로즈섬으로 향하고 있습니다.

안젤로 함장님께서 정부에

보고하라는 명령을 받고 왔습니다.

공작 이 항로 변경을 어떻게 생각하시오?

의원 1 조금 깊이 생각해 보면

일어날 수 없는 일입니다. 키프로스섬이 터키군에게

얼마나 중요한 곳인지 아신다면, 이 상황이

우리의 시선을 다른 곳으로 돌리려는 연극인 걸

아실 겁니다.

터키 왕은 로즈섬보다 키프로스섬에

더 관심을 두고 있어요. 무엇보다

로즈섬보다 키프로스섬이

전투태세를 갖추지 못했고, 방어 능력도 없습니다.

키프로스섬이 더 쉽게

점령할 수 있는 곳이라는 걸 알아야 합니다.

이 점으로 생각해 보건대,

터키군이 가장 관심 있는 곳을 마지막으로 둔 채,

쉽게 얻을 수 있는 곳을 포기하고

훨씬 적은 이득을 위해 싸움을 치를 정도로

어리석다고 생각하기는 힘듭니다.

공작 내 생각도 마찬가지오.

로즈가 목적지가 아닐 거란 말이지.

병사 다른 소식이 왔습니다.

(전달자 등장)

전달자 존경하는 의원 여러분,
터키 함대가 로즈섬을 향해 가는 길에
후속 함대와 합류했습니다.

의원 1 우리 예상대로군. 함대의 규모는 어느 정도지?

전달자 30척 정도 돼 보였습니다. 그들은 뱃머리를 돌려
반대 방향으로 항로를 잡아 키프로스를 향해
가고 있습니다.
그들이 목적지를 확실하게 드러낸 것입니다.
충직하고 용감한 몬타노 총독은
이 소식을 전하면서 자신을 믿어 달라 했습니다.

공작 그렇다면 키프로스로 가는 게 분명하구나.
마커스 루치코스, 그는 지금 베니스에 없소?

의원 1 그는 지금 피렌체에 있습니다.

공작 내 친서를 급히 보내도록 하시오.

의원 1 브라밴쇼와 용감한 무어인이 오고 있습니다.

(브라밴쇼, 오셀로, 캐시오, 이아고, 로더리고와 장교들 등장)

공작 용감한 오셀로 장군. 지금 당장 장군이
우리의 적 터키군과 대적해 주어야겠소.
(브라밴쇼에게) 미처 보지 못했군요.
어서 오시게, 브라밴쇼 경.

오늘 밤 의원에게 의견을 구하고 도움을 받고자 했소.

브라밴쇼 저도 마찬가지입니다. 공작님, 절 용서해 주세요.
제가 잠자리에서 일어나 이곳까지 온 이유는
제 직책 때문이 아닙니다. 또 공무를 듣고자 한 것도
아닙니다.
그렇다고 국가의 일을 걱정해서도 아닙니다.
지금 저는 개인적으로 너무나도 깊은 슬픔에 가라앉아
다른 슬픔은 느끼지 못하고 있습니다.
지금도 마찬가지지요.

공작 아니, 무슨 일이오?

브라밴쇼 제 딸! 오, 제 딸년이!

의원들 따님이 죽었습니까?

브라밴쇼 그런 셈이나 마찬가지지요.
그 애는 저에게서 떠난 셈입니다. 능욕당했고,
돌팔이 약장수에게서 산 약으로 더럽혀졌습니다.
어디 하나 모자람이 없던 아이고,
눈이 멀거나 정신이 나간 것도 아닌데
마법에 홀린 게 아니라면,
제정신으로 그런 엄청난 실수를 저지를 수 없습니다.

공작 그런 사악한 방법으로 의원의 딸을 속이고
빼앗아 간 사람이 누구든
직접 그 엄중함을 묻고 따져 법대로 판단하고
가혹한 벌을 내리도록 하시오.
설사 그 일을 저지른 게 내 아들이라 해도

내 의원의 처분을 따르겠소.

브라밴쇼 정말 고맙습니다, 공작님.

그자는 바로 이 무어인입니다. 공작님께서는

지금 이 작자를 중요한 나랏일 때문에

이곳에 부르신 것으로 보입니다만.

일동 정말 유감스러운 일이군요.

공작 장군은 이 일에 관해 뭐라 할 말이 있소?

브라밴쇼 할 말이 없겠지요. 제 말은 사실입니다.

오셀로 큰 권위를 누리는 근엄하고 존경하는 의원님들,

고귀하시고 훌륭하다는 평을 받으시는 의원님들,

제가 이 어르신의 따님을 데려간 것은 사실입니다.

그리고 제가 그녀와 결혼한 것 또한 사실입니다.

제가 저지른 죄란 딱 이 정도입니다.

저는 본래 말투가 거칠어 부드럽게 말하는

재주는 없습니다.

저는 이 팔의 힘으로 일곱 살 때부터 지금까지

아홉 달을 제하고는

전쟁터에서 최상의 기력으로 싸워 왔습니다.

그 때문입니다.

저는 전쟁이나 전투와 관련된 일이 아니라면,

이 넓디넓은 세상 속 그 어떤 것도 잘 모릅니다.

그래서 저 자신을 부드럽게 변호하는 일도 할 줄 모릅니다.

의원님들이 참고 들어 주신다면,

제 사랑의 모든 과정을 꾸미지 않고

솔직하게 말씀드리겠습니다.

지금 죄라고 말하고 있는

어떤 약과 어떤 주문, 어떤 주술의 힘과 마법으로

의원님의 따님을 얻게 되었는지 말입니다.

브라밴쇼 딸아이는 대답하지 못합니다.

조용하고 얌전하고 수줍음도 많아서,

혼자 생각하는 것만으로도

얼굴을 붉히던 아이입니다.

바로 그런 아이가 본성과 다르게

나이, 국적, 명예! 모든 면에서 자신과 어울리지 않거니와

쳐다보는 것마저 무서운 자와 사랑에 빠지다니요!

그렇게 완벽한 아이가 자연의 법칙을 거스르고

실수를 저지른다는 건 참으로 잘못된 일입니다.

이렇게 일이 벌어진 원인은

사악한 악마의 짓이라고 말할 수 있지요.

그래서 저는 다시 한번 강력하게 주장합니다.

피를 움직이게 만드는 혼합물을 사용했거나

아니면 이런 효과를 얻기 위해 주술로 만들어 낸 약물로

저자가 제 딸아이를 유혹한 것입니다.

공작 그런 단언만으로는 증거가 될 수 없소.

더 명백하고 확실한 증거가 있어야

저 장군을 고발할 수 있을 것이오.

너무 근거가 없는 이야기 아닙니까.

의원 1 오셀로 장군, 자네가 말해 보시게.

당신이 부정한 수단을 동원해서
그 젊은 아가씨의 사랑을 얻은 것이오?
아니면 마음이 서로 통해서 대화를 나누고
영혼을 얻어 내 사랑으로 이어진 것이오?

오셀로 의원님께 감히 요청합니다.
활을 든 반인반마가 간판에 그려진 여관으로
사람을 보내 데스데모나를 불러 주십시오.
그녀가 부친 앞에서 저에 대해 말하게 해 주십시오.
그녀의 증언에서 저의 사악한 수단이 발견된다면
여러분께 받은 신뢰와 지위를 박탈하고
사형 선고를 내리신다고 해도 받아들이겠습니다.

공작 데스데모나를 이곳으로 데려오게.

오셀로 기수, 자네가 안내하게. 자네가 가장 잘 알지 않는가.

(이아고가 수행원들과 퇴장)

오셀로 그녀가 올 때까지 젊은 혈기가 지은 죄를
하늘에 고백하듯 진실한 마음을 담아
어떻게 제가 그녀의 사랑을 얻게 되었는지
의원님께 말씀드리도록 하겠습니다.

공작 그래, 말해 보시게.

오셀로 그녀 아버지께서는 저를 아끼시는 마음에
종종 집으로 초대하셨습니다.
그리고 늘 제 인생 이야기를 자세하게 물어보셨지요.

매해 겪은 전투 이야기나 포위 작전,
운명에 대해서였습니다.
저는 소년 시절에 겪은 이야기부터 이야기를 청하신
그 순간까지를 상세하게 말씀드렸지요.
정말이지 비참했던 순간들까지도,
바다와 육지에서 겪은 감동적인 순간과
간신히 죽음을 피한 일과
무자비한 적에게 포로로 잡혀 노예로 팔려 갔다가
구출된 일화까지도 상세하게 말씀드렸습니다.
그리고 제가 여행한 이야기도 말씀드렸는데,
그중에는 거대한 동굴과 황량한 사막, 험한 돌산,
하늘 끝까지 솟은 것 같은 바위산에 대한
이야기도 있었습니다.
서로를 잡아먹는 식인종,
머리가 어깨 아래에 달린 사람들 이야기를 할 때
데스데모나는 몸을 앞으로 기울이면서
진지하게 들었습니다.
하지만 항상 집안일 때문에 불려 가는 바람에
자리를 떠나야만 했는데, 최대한 서둘러 처리하고 돌아와
제 이야기에 귀 기울였습니다.
이런 모습을 눈치챈 뒤에는 제가 따로 시간을 내었습니다.
그녀는 제 이야기를 전부 다시 듣고 싶어 했습니다.
이야기를 한 번에 이어 듣지 못했으니까요.
저도 싫지는 않았습니다. 제가 젊었을 때 겪었던

괴로운 시련에 관해 이야기할 때면,
그녀는 눈물을 흘리곤 했습니다.
이야기가 끝나면, 그녀는 제 고생을 안타까워하며
한숨을 내쉬었습니다. "정말 이상하고 신기하군요.
정말이지 가여운 사람, 불쌍해요."라고 말하기도 했지요.
그녀는 차라리 듣지 않았다면 더 좋았을 거라
말하면서도 자신도 그런 남자로 태어났으면
어땠을까 생각했습니다.
그녀는 저에게 고마워하면서 이렇게 말했습니다.
만약 제 친구가 자신을 사랑하게 된다면
제 이야기를 친구의 이야기처럼 자신에게
들려주라고 말이지요.
그러면 그 친구가 자신의 사랑을
얻을 수 있을 거라고 하더군요.
그녀의 말에 저는 제 마음을 고백했습니다.
그녀는 제가 경험했던 위험 때문에 저를 사랑했고,
저는 그녀가 제게 보여 준 동정 때문에 사랑에 빠졌습니다.
제가 사랑에 빠진 마술은 바로 이것입니다.
저기 그녀가 오니 직접 들어 보시지요.

(데스데모나, 이아고, 수행원들 등장)

공작 이런 이야기라면 내 딸아이도 넘어갔을 거야.
존경하는 브라밴쇼 의원, 이왕 저질러진 문제니

좋게 받아들이시는 건 어떻소?

부러진 무기라도 맨주먹보다는 낫다고 하지 않소.

브라밴쇼 이제 제 딸아이의 이야기를 들어 주십시오.

만약 이 애가 스스로 좋아서

그를 사랑한다고 고백한다면

저는 스스로 파멸한다고 하더라도

그를 비난하지 않을 것입니다.

제가 그를 이유 없이 비난한 게 되니까요.

이리 오너라, 애야.

이 고귀하신 분들 앞에서 네가 누구에게

가장 순종해야 하는지

말을 해 다오.

데스데모나 존경하는 아버님,

저는 이 자리에서 제 의무가 둘로 나뉘는 기분입니다.

저는 아버님께서 낳고 길러 주신

은혜의 빚을 지고 있습니다.

그러니 당연히 아버님을 존경합니다.

저는 아버님께 존경하라고 배웠고

제 목숨도 그리하라 말합니다.

지금껏 아버님의 딸이었으니까요.

하지만 여기 제 남편이 있습니다.

어머니께서 외할아버지보다 아버지를

더 소중하게 여기셨듯

저도 제 남편인 장군님께 부인으로서의

의무를 바쳐야 한다고 생각합니다.

브라밴쇼 잘 가거라! 제 일은 이제 끝났습니다.

공작님, 이제는 국사를 논의하시길 바랍니다.

아이를 낳는 일보다 차라리 양자를 두는 게 좋겠습니다.

이리 오게나, 장군. 그대가 차지하지 않았더라면

내 진심을 다해 지키려 했을 테지만, 이제 기꺼이

당신에게 내어 드리리다.

내 보물, 너를 보니

내게 다른 자식이 없는 게 오히려 다행이구나.

네 사랑의 도주를 교훈 삼아 다른 자식들에게

족쇄를 채우고 말았을 거야.

이제 제 일은 다 끝났습니다.

공작 내가 아버지인 입장으로 한마디 하겠소.

이 연인을 받아들이는 데 계기가 될지도 모르니 말이오.

치유할 수 없을 때 슬픔도 끝이 나기 마련이오.

최악의 상황에서 믿었던 희망도 사라지니까 말이오.

다 지나가 버린 불운을 슬퍼하는 건

새로운 근심을 더 불러일으키는 일과 같소.

우리가 지켜 낼 수 없는 것을 운명이 앗아 갈 때

인내심은 그 최악마저도 웃어넘기게 도와준다오.

도둑맞아도 웃는 자는 도둑에게서 무언가를 얻겠지만

해로운 슬픔에만 빠져 지내는 자는 자신을 잃는 것이오.

브라밴쇼 그렇다면 터키군이 키프로스섬을 차지한다고 해도

우리가 미소를 지을 수 있다면 우리는 잃은 게

없는 거로군요.

잃을 게 없는 사람은 그 귀한 의견만으로 위안을 얻고,

조언만으로 마음을 다스릴 수 있나 봅니다.

슬픔에 대한 대가를 치르기 위해서는 가련한 인내심에

빚을 져야 합니다. 그렇게 격언과 함께 슬픔도 견뎌야지요.

이 격언들은 달콤한 사탕과도 같지만

쓴 독과도 같아서 모두에게 말장난이 될 수도 있습니다.

말은 말일 뿐입니다. 상처받은 가슴이

귀를 통해 들은 격언으로

치유되었다는 말을 아직 들어 본 적이 없습니다.

부디 이제는 국사를 논하시길 바랍니다.

공작 터키군이 막강한 군대를 갖추고

키프로스섬으로 가고 있소.

오셀로 장군만큼 그곳의 요새를

잘 아는 사람은 없다고 알고 있소.

물론 그곳에는 아주 능력 좋은 총독이 있기는 합니다만,

정책 결정을 하는 자들의 의견은

장군이 가야 더 안전하다는 것이오.

그러니 새롭게 얻은 장군의 행운이

이 힘들고 거친 전쟁으로 빛을 잃더라도

이 임무를 받아 주면 좋겠소.

오셀로 존경하는 의원님들, 폭군 같은 습관은 저를

전쟁터의 돌처럼 딱딱한 제 잠자리를

세 번을 가려낸 가벼운 솜털로 만든

잠자리로 만들어 주었습니다.

힘든 일일수록 더욱더 재빠르게 덤비는 것이

제 천성입니다.

터키군과의 전쟁은 제가 맡도록 하겠습니다.

그리고 여러분께 엎드려 간청하겠습니다.

제 아내에게 적절한 대책을 마련해 주십시오.

그녀 출신에 맞는 거처와 하인들을 지원해

생계를 도와주시길 바랍니다.

공작 장군만 괜찮다면,

아내를 장인의 집에서 지내게 하는 건 어떻소?

브라밴쇼 전 그렇게 못 합니다.

오셀로 저도 그건 원하지 않습니다.

데스데모나 저도 아버님의 집에 있는 건 싫습니다.

제가 그곳에서 지내게 된다면, 아버님은 저를 보실 때마다

심기가 불편하신 걸 드러내실 겁니다.

자비로우신 공작님, 제 솔직한 마음을 받아들이셔서

순수한 청을 허락해 주십시오.

공작 그래, 소청을 말해 보아라.

데스데모나 제 솔직한 성격과 운명에 맞서는 태도로 말미암아

이 장군을 사랑하고 함께하려는 것이

세상에 알려질 게 뻔합니다.

저는 제 남편의 군인다운 성품에 반했습니다.

제가 본 것은 그의 속마음이었고,

그의 명예와 용감한 기질에

제 영혼과 운명을 내어 드렸습니다.

그러니 친애하는 의원님들.

저는 이곳에 남아 평화를 누리고

그분은 험한 전쟁터로 나가시는 일은

서로 사랑한다는 의미 자체를 박탈당하는 일입니다.

저는 장군이 안 계시는 동안 힘든 시간을 보내야겠지요.

그러니 저도 장군을 따라가게 허락해 주십시오.

오셀로 부디 아내의 청을 들어주십시오.

제가 이렇게 간청하는 이유는

욕정을 채우기 위해서가 절대 아닙니다.

젊은 열정에 들떠서 하는 말도 아닙니다.

저는 이미 젊음이 주는 욕정도,

욕정이 주는 만족도 사라져 버렸습니다. 다만 그녀의

소망대로 되기를 바라는 마음에서 드리는 말입니다.

하늘에 맹세코 말하지만, 그녀와 함께 있다는 이유로

제가 국사를 소홀히 한다고 생각하지 말아 주십시오.

날개 달린 큐피드의 가벼운 장난감 화살에 맞아

제 모든 기관이 음탕한 환락으로 빠져 분별력을 없애고

해야 할 의무를 팽개친다면

아녀자들에게 제 투구를 냄비로 쓰게 하시고

온갖 수치스럽고 추악한 불운과 역경으로

제 명예를 공격하십시오.

공작 그녀를 이곳에 머무르게 하든, 함께 가든

그건 장군이 결정하시오. 다만 사태가 아주 긴급하오.

오늘 밤에는 출발해야 하오.

데스데모나 공작님, 오늘 밤이라고요?

공작 그렇소. 오늘 밤이오.

오셀로 명령대로 하겠습니다.

공작 그럼 아침 9시에 이곳에서 다시 보기로 하겠네.

오셀로 장군, 부하 한 명은 두고 가시오.

그가 나의 위임장을 장군에게 가져갈 것이오.

장군에게 필요한 다른 물건도 함께 보내겠소.

오셀로 네, 그러면 제 기수를 남겨 두겠습니다.

그는 충직한 자입니다.

제 아내 호위도 그에게 맡길 것입니다.

공작님께서는 다른 필요한 것들 전부를

그를 통해 보내 주시면 됩니다.

공작 그러도록 하겠소. 모두 좋은 밤 보내시오.

그리고 존경하는 브라밴쇼 의원,

미덕을 주는 자에게는 기쁨이 따라오기 마련이오.

당신 사위는 검은 피부보다

더 아름다운 흰 마음을 가지고 있소.

의원 1 잘 가시오, 용감한 장군. 그녀를 잘 보살피게나.

브라밴쇼 장군, 그 아이를 잘 지키도록 하게나.

그 애는 아비도 속였으니, 자네도 속일 수 있다네.

(공작, 의원들, 병사들 퇴장)

오셀로 아내의 정절에 제 목숨을 걸겠습니다!
정직한 이아고, 집사람을 자네에게 부탁해야겠네.
부디 자네 부인이 내 아내를 잘 돌봐 주면 좋겠어.
그리고 가장 좋은 시기에 두 사람을 모시고 와 주게나.
자, 데스데모나. 당신과 함께 사랑을 나누고
앞일에 관해 이야기를 나눌 시간이 이제
한 시간밖에 남지 않았군요. 시간을 지켜야 해요.

(오셀로와 데스데모나 퇴장)

로더리고 이아고!
이아고 네, 나리.
로더리고 이제 나는 어떻게 해야 한다고 생각하나?
이아고 글쎄요. 우선 가셔서 주무셔야지요.
로더리고 아니, 당장 물에 빠져 죽어 버릴 거야.
이아고 그런 짓을 하신다면 저는
나리를 좋아하지 않을 겁니다. 그건 어리석은 짓이라고요!
로더리고 사는 게 죽기보다 힘들다면,
사는 게 더 어리석은 짓이지.
죽음만이 내 병을 치료해 주는 의사일 때는
죽음을 처방받는 걸세.
이아고 아, 그렇게 끔찍한 소리는 하지 마십시오.
제가 28년간 살면서 이익과 손해를
분간할 수 있게 된 이후로,

자기 자신을 사랑하는 법을 아는 사람은
단 한 명도 만난 적이 없습니다.
저라면 그런 창녀 같은 여자 한 명 때문에
죽겠다는 말을 하기보다는 차라리
원숭이가 되고 말 거예요.

로더리고 그러면 난 어떻게 해야 한단 말이지?
사랑에 빠진 게 이렇게 창피한 일이라는 걸 알지만,
이를 고칠 능력이 나에게는 없네.

이아고 능력이라고요? 그런 시시한 소리는 마십시오.
사람이 어떻게 되느냐 하는 건,
전부 자기 자신의 마음에 달린 일입니다.
우리의 몸이 정원이라면 우리의 의지는
정원사란 말입니다.
우리가 쐐기풀을 심든, 상추 씨를 뿌리든,
우슬초를 심고 백리향을 뽑아 버리든,
한 가지 풀만 심든, 여러 종류의 풀로 정원을 꾸미든,
게으른 바람에 정원을 불모지로 만들든,
성실하게 잘 가꾸든,
이런 것들을 선택하고 만들 수 있는 건
전부 의지에 의해서입니다.
만약 우리 삶의 저울대 위에
정욕의 저울판의 균형을 잡아 줄
이성의 저울판이 없다면, 우리는 혈기와 천박함으로
터무니없는 행동을 하게 될 겁니다.

우리에게는 이성이 있습니다.

날뛰는 감정과 충동, 정욕을 식혀 주는 기능을 하지요.

나리가 사랑이라고 부르는 것도 제가 보기에는

그런 욕망 중 한 가지에 불과합니다.

로더리고 그럴 리가 없어.

이아고 그건 단지 피 끓는 욕정이며,

의지가 허락한 결과입니다.

자, 남자답게 구세요. 물에 빠져 죽어 버리겠다고요?

차라리 고양이나 강아지를 익사시키십시오.

저는 나리의 친구입니다.

그러니 나리를 단단한 줄로 묶어 두겠습니다.

지금이야말로 제가 나리를 가장 잘 도울 수 있는 때입니다.

지갑에 돈을 준비해 두세요.

그리고 이번 전쟁에 따라나서십시오.

가짜 수염을 준비해 변장하세요.

반드시 지갑에 돈은 챙기셔야 합니다.

데스데모나의 사랑이 그리 오래갈 수 없습니다.

그녀를 향한 무어인의 사랑 또한 마찬가지고요.

지갑에 돈을 준비하세요.

그들이 순간적으로 격렬하게 사랑에 빠졌으니

그와 마찬가지로 이별을 맞을 겁니다.

지갑에 돈만 준비하면 끝나는 거지요.

무어인들은 모두 변덕스럽습니다.

지갑에 돈을 넉넉하게 챙겨 두세요.

그자에게 쥐엄 열매처럼 감미로운 음식이
곧 콜로신스(박과 열매)처럼 쓴맛을 낼 것입니다.
그녀가 그의 몸이 지겨워지면
자신의 선택이 잘못됐다는 걸 깨달을 겁니다.
그러니 지갑에 돈을 챙기세요.
만약 나리가 자신을 망치고 싶다면,
물에 빠지는 방법이 아니라
조금 더 그럴싸한 방법을 택하세요.
모을 수 있는 최대한의 돈을 준비하세요.
제 기지와 지옥 악마들의 도움을 받아
떠돌이 야만인과 가장 음탕한 베니스인 사이의
가벼운 서약을 깨는 일은 그리 어려운 일이 아니지요.
곧 나리가 그녀와 즐길 수 있을 겁니다.
그러니 돈을 마련하십시오.
그녀를 안지도 못하고 물에 빠져 죽겠다는 말은
그만두세요.
그만큼 바보 같은 짓은 없어요.
여자도 안지 못하고 빠져 죽을 바에는
차라리 재미라도 보시고 교수형을 받으세요.

로더리고 자네, 내 소원을 들어주겠나?

이아고 저만 믿으세요, 나리.
그러니 가서 돈을 준비하세요.
몇 번이나 말하고 다시 말하지만,
저는 그 무어인을 증오합니다.

그 증오는 이미 가슴에 맺혔어요.

나리도 저와 같잖습니까.

그러니 우리 손을 잡고 그에게 복수합시다.

당신이 그자의 아내와 간통한다면

나리는 더없이 좋은 쾌락에 빠지는 것이고

저는 재미있는 구경거리를 하나 얻는 셈이지요.

시간이라는 자궁 속에는 많은 사건이 있답니다.

그리고 그 자궁에서는 곧 새로운 사건이 태어나겠지요.

움직여서 어서 돈을 마련하세요!

내일 이 일에 대해 더 이야기를 나누도록 하지요.

잘 가세요.

로더리고 아침에 어디에서 만나지?

이아고 제 숙소에서요.

로더리고 늦지 않게 찾아가겠네.

이아고 자, 어서요. 잘 가세요. 알아들었지요, 나리?

로더리고 뭘 알아들었냐고 말하는 건가?

이아고 더 이상 물에 빠져 죽는다는 생각을 버리라고요.
알았지요?

로더리고 그래, 마음을 바꿨어.

이아고 어서 가세요. 지갑에 돈을 충분히 준비하시고요.

로더리고 내 땅을 전부 팔겠어.

(로더리고 퇴장)

이아고 나는 항상 이렇게 바보를 내 지갑으로 만들지.
저런 멍청한 작자와 함께 다니면서
재미와 이익을 동시에 얻지 못한다면,
그동안 내가 얻은 지식을 모독하는 것이지.
나는 정말이지 무어 놈이 싫다.
내 이부자리 속에서 내가 할 일을 그자가 했다고
사람들이 생각하고 있지.
이게 사실인지는 모르겠지만, 나는 그런 의심만으로도
마치 확실한 것처럼 보복해야 직성이 풀린단 말이지.
다행히 그자는 나를 좋게 생각하고 있으니
내가 생각하는 걸 써먹기 딱 좋을 수밖에.
그의 자리를 빼앗고 내 뜻도 이룰 수 있는 건
캐시오가 적격이야. 어떻게 하지? 자, 어떤 일을 벌이지?
어느 정도 시간이 지나면, 오셀로에게
그의 아내와 캐시오가 너무 친하다고 말하는 거야.
캐시오는 여자를 타락시킬 외모를 가졌고,
충분히 의심 살 수 있는 행동과 성격을 갖췄단 말이야.
무어인 놈은 솔직하고 대범한 성격이라서
겉으로 정직하다고 드러내기만 해도
곧바로 진짜라고 믿어 버리지.
그럴 때 당나귀처럼 코만 잡아끌어도
순순히 쉽게 끌려올 거야.
그래, 바로 그거야. 이 끔찍한 일이 세상에 태어나게 하려면
지옥과 밤의 도움을 받아야만 해. (퇴장)

The Tragedy of
Othello

1장

(몬타노 총독이 두 신사와 함께 등장)

몬타노 봉우리에서 바다를 보면 뭔가 보이는가?
신사 1 아무것도 안 보입니다.
　　　그저 파도가 높게 일고 있습니다.
　　　하늘과 바다 사이에 배 한 척 보이지 않습니다.
몬타노 육지에서도 바람 소리가 유난스러웠던 것 같네.
　　　이보다 더 매서운 바람이 성벽을 흔든 적은 없었지.
　　　바다에서도 이런 바람이 불었다면,
　　　아무리 튼튼한 떡갈나무 배라고 해도
　　　산더미 같은 파도가 덮칠 때 견디겠는가?
　　　무슨 소식이 올지 궁금하군.
신사 2 터키 함대가 분열되었다는 소식이 들려올 겁니다.
　　　그건 사나운 파도가 치는 해안가에
　　　서 있기만 해도 알 것입니다.
　　　사납게 포효하듯 높게 철썩이는 파도가 구름을 칠 듯하고
　　　바람이 뒤흔들며 몰아내는 거대한 갈기 같은 물결은
　　　반짝이는 작은곰자리에 물을 쏟아부을 듯해
　　　변함없는 북극성 호위 별들도 꺼 버릴 것 같습니다.
　　　성난 바다가 이렇게 날뛰는 광경은 정말이지 처음 봅니다.
몬타노 터키 함대가 만약 피신하지 못했다면
　　　모두 다 가라앉았을 테지.

이런 풍랑을 견디는 건 정말 불가능한 일이야.

(신사 3 등장)

신사 3 여러분, 새로운 소식이 도착했습니다!
전쟁이 끝났어요.
강력한 폭풍이 터키군을 강타했고
그들의 작전은 취소되었습니다. 터키 함대 대부분이
처참하게 난파된 것을 베니스에서 온 배가 보고 왔습니다.
몬타노 그게 정말인가?
신사 3 그 배가 지금 이곳에 들어왔습니다.
용감한 무어인 오셀로 장군의 부관인,
캐시오가 지금 막 도착했습니다.
무어인 장군께서는 지금 항해 중이라고 합니다.
그가 키프로스의 총독으로 임명돼 오고 있다고 합니다.
몬타노 그거 반가운 소식이군. 그분이라면 훌륭한 총독이지.
신사 3 캐시오는 터키군 소식에 대해서는 기뻐하면서도
오셀로 장군의 안전 때문에 걱정하고 있습니다.
폭풍이 너무 험해서 서로 헤어졌다고 합니다.

(캐시오 등장)

몬타노 부디 그분이 무사하길 빌어야겠군.
내가 그분을 모셔 본 적이 있지.

진정한 군인다운 모습으로
통치하시던 분이셨네. 자, 이제 바닷가로 가세.
이제 입항한 배를 보고
바다와 하늘이 마주해 어디가 어디인지 모를 수평선까지
우리의 눈으로 오셀로 장군을 찾아보자고.

신사 3 네, 그렇게 하지요.
배들이 하나씩 하나씩 도착할 것입니다.

캐시오 고맙습니다. 이 섬을 지키는 용감한 여러분.
무어 장군님을 그렇게 칭찬해 주시다니!
아, 하늘이시여.
폭풍으로부터 그분을 지켜 주십시오.
전 위험한 바다 위에서
장군님과 헤어지고 말았습니다.

몬타노 장군님의 배는 튼튼하오?

캐시오 장군님의 배는 아주 튼튼한 재목으로 만들어졌고
선장 또한 인정받은 전문가입니다.
그러니 제 바람은 희박하지 않고
이루어질 가능성이 아주 높습니다.

(안에서 누군가 "배다! 배가 보인다!"라고 소리친다.)

캐시오 무슨 소란이지요?

전달자 마을이 전부 비었고, 모든 사람이 바닷가에 모여
배가 온다고 외치고 있습니다.

캐시오 장군님의 배인 것 같습니다.

(대포 소리)

신사 2 예포(예식 행사에서 환영 등을 나타내기 위해 발사하는 공
포)를 발사하는 걸 보니, 아군인 건 분명합니다.
캐시오 그리로 가서 누가 도착한 건지 알아봐 주세요.
신사 2 그렇게 하겠습니다.
몬타노 부관, 장군께서는 아내를 얻으셨나요?
캐시오 장군께서는 정말 운이 좋게도, 말로 표현할 수 없고
그 어떤 찬사를 보내도 부족한,
훌륭한 여인을 아내로 맞이했습니다.
꾸밀 수 있는 모든 말을 늘어놓는다고 해도
그에 미칠 수 없을 것이며,
신이 창조하신 아름다운 자태에
온갖 상상력을 초월하는 분입니다.

(신사 2 등장)

캐시오 그래, 누가 온 거지요?
신사 2 장군님의 기수인 이아고가 도착했습니다.
캐시오 운이 좋은 분이군요. 이렇게 빨리 오다니.
보이지 않는 곳에서 손을 뻗어 죽음을 부르는 폭풍도,
높은 바람과 파도, 울부짖는 바람과

도랑을 만드는 암초, 모래들도 아름다운 미인을 알아보듯

그들의 본성을 숨기고

성스러운 데스데모나 님을 안전하게

이곳으로 다다르게 해 주었군요.

몬타노 그분이 누구지요?

캐시오 제가 말씀드린, 장군 중의 장군이라 하는

용감하신 이아고의 호위를 받는 분이시지요.

예상보다 일주일이나 일찍 이곳에 도착했군요.

위대한 주피터 신이시여, 오셀로 장군을 보살피시고

당신의 강한 입김으로 그분의 돛을 부풀려

그분이 탄 거대한 배가 이곳에 도착해

한시라도 빨리 데스데모나 님의 품에 안기게 하소서.

꺼져 버린 우리의 사기에 새로운 불을 지펴 주시고

키프로스 전역에 평안을 가져다주소서.

(데스데모나, 이아고, 에밀리아, 로더리고 등장)

캐시오 오, 보세요. 저 배의 보물이 이 땅에 도착했습니다.

키프로스인들이여, 그녀 앞에 무릎 꿇어 인사하시오.

부인, 어서 오세요! 하느님의 은총이

부인의 앞과 뒤, 사방에서 에워싸기를 바랍니다!

데스데모나 남편의 소식을 알 수 있을까요?

캐시오 장군께서는 아직 도착하지 않으셨습니다.

아무 소식도 없고요.

하지만 장군님은 곧 무사히 도착하실 겁니다.

데스데모나 하지만 걱정이 앞서는군요.
어쩌다 헤어지신 거지요?

캐시오 바다와 하늘이 서로 싸우는 바람에
떨어져 버렸습니다.

(안에서 누군가 "배다! 또 배가 온다!"라고 소리친다.)

(대포 소리)

캐시오 보세요. 또 배가 왔다고 합니다.

신사 2 그들이 우리 쪽을 향해 예포를 쏘는 걸 보니
이번에도 아군인 것 같습니다.

캐시오 가서 소식을 알려 주세요.
기수, 어서 오시지요. (에밀리아에게) 어서 오세요, 부인.
내가 조금 지나쳐 보이더라도 너그럽게 이해해 주시오,
이아고.
이렇게 대담하게 하는 게 내가 배운 인사일세.

(에밀리아에게 키스한다.)

이아고 부관님, 제 아내가 제게 떠드는 만큼
입술을 내어 드린다고 하면,

부관님도 금세 질리실 겁니다.

데스데모나 어머, 아니에요. 에밀리아는 말수가 적어요.

이아고 아닙니다. 저 여자는 말이 너무 많아요.

제가 자고 싶을 때도 늘 입을 움직이지요.

아마 부인 앞에서는 혓바닥을 가슴에 숨겨 두고

생각으로만 중얼거렸나 봅니다.

에밀리아 무슨 근거로 그런 말을 하지요?

이아고 왜, 이러지 말라고.

당신은 바깥에서는 그림처럼 조용하지만,

거실에서는 종처럼 딸랑거리고

부엌에서는 살쾡이처럼 굴잖아.

다른 사람에게 해를 끼칠 땐 성인군자지만,

당하고 나면 악마로 변하지.

집안일에는 관심도 없다가 침대에서는 어쩌나 성실한지!

데스데모나 어머, 끔찍한 이야기군요.

이아고 아니, 이건 사실입니다. 아니라면 제가 터키인이지요!

당신은 일어나면 놀고, 잠자리에서는 일하잖아.

에밀리아 내 칭찬을 할 줄을 모르는군요.

이아고 물론, 할 말이 없어.

데스데모나 날 칭찬해야 한다면,

나에 대해선 뭐라고 할 거지요?

이아고 아, 부인. 그런 일을 제게 시키지 마십시오.

전 험담밖에 할 줄 모릅니다.

데스데모나 어서 해 보세요. 그나저나 누군가 항구로 갔나요?

이아고 네, 부인.

데스데모나 (방백) 기분이 별로지만 아닌 척하면서
　　　　내 마음을 속여야겠어.
　　　　자, 날 어떻게 칭찬할 건가요?

이아고 생각하고 있습니다. 하지만 새 잠는 끈끈이가 천에서
　　　　떼어질 때처럼 좋은 생각이 쉽게 나오지 않네요.
　　　　제 머릿속 뇌를 전부 잡아 뽑아야 할 판입니다.
　　　　하지만 방금 뮤즈(로마 신화에 등장하는 학술과 지혜의 여
　　　　신)가 애쓴 결과를 드디어 내놨습니다.
　　　　만약 여자가 예쁘고 재주가 있어 재색을 겸비하면
　　　　미모는 쓸모가 있고 재주는 미모를 이용하지요.

데스데모나 좋은 말이군요!
　　　　만약 여자가 못생기고 재주가 있다면요?

이아고 못생기고 재주가 있다면,
　　　　자신의 못생긴 얼굴을 없애 주는 멋진 남자를 찾겠지요.

데스데모나 점점 지나치네요.

에밀리아 예쁘지만, 바보 같다면요?

이아고 예쁜 여자는 바보 같을 수 없어.
　　　　그 바보 같은 모습조차 그녀가
　　　　자식을 얻는 데 도움이 되거든.

데스데모나 선술집에서 멍청이들이
　　　　떠들어 댈 만한 낡은 궤변이군요.
　　　　그렇다면 못생기고 바보 같은 여자는
　　　　어떤 끔찍한 칭찬을 듣지요?

이아고 못생기고 바보 같은 여자는 없습니다.

여자들은 결국 자신들이 누릴 수 있는 재미를 다 보거든요.

데스데모나 아, 당신은 정말 무식하군요!

당신은 최악의 여자를 가장 아름답게 칭찬하는군요.

그렇다면 정말 훌륭한 여자를

어떻게 칭찬할 수 있을까요?

정말이지 훌륭해서 악의를 가진 자조차도

인정하지 않을 수 없는 그런 여자 말이에요.

이아고 항상 아름다운 모습이지만, 거만하게 굴지 않고

말솜씨가 좋지만, 절대 시끄럽지 않고

돈은 많지만, 과소비하지 않고

욕망에서 멀어졌지만, "할 수 있어."라고 말하는 여자,

화가 나도 복수할 기회를 잡지 않고

어떤 일을 당해도 원한을 만들지 않는 여자,

대구 머리를 연어 꼬리와 바꾸지 않는 지혜로운 여자,

다 염두에 두고 있으면서도 속마음을 드러내지 않는 여자,

쫓아다니는 남자들이 있어도 돌아보지 않는 여자,

그런 여자가 진짜라고 할 수 있지요.

그런 여자가 있기는 하지만…….

데스데모나 그런 여인들은요?

이아고 멍청한 바보들에게 젖이나 물리는

시시한 일을 하겠지요.

데스데모나 아, 정말이지 말도 안 되는 결론이네요.

에밀리아, 아무리 남편이지만

저 사람의 말을 그대로 믿지 말아요.

캐시오, 당신이 생각해도 저속하고 제멋대로인 사람

아닌가요?

캐시오 직설적으로 표현하고 있기는 하지만,

그는 학자가 아닙니다.

군인이라는 신분을 염두에 두시고,

듣고 즐기심이 어떨까요.

이아고 (방백) 저 녀석이 드디어 그녀의 손을 잡는구나.

그래, 말 잘하는구나. 더 떠들어라.

이렇게 작은 거미줄을 이용해서

캐시오 같은 큰 파리를 잡는 거야.

그래, 그녀에게 더 환하게 웃으라지.

너의 정중한 예의를 이용해 네 녀석을 잡고 말 거니까.

네놈의 말이 맞아. 정말 그렇지.

만약 이런 꾐으로 네 부관 자리가 박탈당한다면,

그 세 손가락에 자주 입 맞추지 말걸 하고

후회하게 될 거다.

또 그렇게 키스하면서 귀족이라고 생각하나 보군.

아주 훌륭한 예절이라지! 정말 그렇고말고.

그런데 또 그렇게 입술에 손가락을 대?

그 손가락이 네놈 관장기면 좋겠구나!

(나팔 소리가 울린다.)

이아고 장군이시다! 난 그분의 나팔 소리를 알아.

캐시오 정말 그렇습니다.

데스데모나 가서 그분을 맞이하도록 해요.

(오셀로와 그의 수행원들 등장)

캐시오 보세요. 저기 오고 계십니다.

오셀로 오, 나의 아름다운 용사여!

데스데모나 사랑하는 오셀로!

오셀로 나보다 먼저 이곳에 와 있는 것을 보니 기쁘면서
    참 신기하게 여겨지는군요. 오, 내 영혼의 기쁨!
    폭풍이 한 번 몰아치는 대신 이 같은 평화가 온다면
    죽은 자들이 깨어날 때까지 바람이 불어도 좋겠소.
    요동치는 배가 바다의 언덕에 올라갔다가
    하늘에서 지옥으로 떨어지듯 곤두박질쳐도 좋소.
    나는 죽어도 여한이 없을 만큼 행복하오.
    내 영혼은 이 순간에 무척 만족하고 있소.
    이런 평화와 행복의 순간이 앞으로의 운명에
    다시는 없을 것만 같아 두렵기 때문이오.

데스데모나 아니에요. 날이 지날수록
    우리의 사랑과 기쁨은 더욱 커질 거예요.
    그건 하늘이 허락한 일이지요.

오셀로 자비로 가득한 신이시여, 그렇게 해 주십시오!
    이 기쁨을 표현할 수가 없도다.

너무 기뻐 말로 설명할 수가 없소.

(둘이 키스한다.)

오셀로 이 입맞춤이 우리의 심장이 만들어 내는
　　　　가장 큰 불협화음이길 바라오!
이아고 (방백) 아, 지금은 둘의 마음이 화음처럼 잘 맞겠지!
　　　　하지만 내 정직함을 걸고서라도 이 화음을 만들어 내는
　　　　현들을 풀어 주고 말겠다.
오셀로 자, 성으로 갑시다.
　　　　여러분, 새로운 소식이 있습니다. 우리의 전쟁은 끝났소.
　　　　터키군들은 전부 바다에 빠졌습니다.
　　　　이 섬에 있는 내 오랜 친구들은 별일 없었소?
　　　　여보, 당신은 키프로스섬에서 환영받을 것이오.
　　　　난 그들에게 큰 대접을 받았지.
　　　　아, 내가 분별력 없이 떠들고만 있었구나.
　　　　너무 행복해서 내 기쁨에만 빠졌네.
　　　　여보게, 이아고. 부두로 가서 내 짐들을 내리고
　　　　선장을 성으로 모시고 오게나.
　　　　훌륭한 분이니, 그분의 격에 맞도록
　　　　예의를 갖춰서 모셔 오게나. 자, 데스데모나.
　　　　다시 말하지만 키프로스섬에서 만나 무척 기쁘오.

(이아고와 로더리고만 남고 모두 퇴장)

이아고 (자리를 뜨는 병사들에게) 곧 항구에서 만나세.

(로더리고에게) 이리 와 보세요.

천한 사람도 사랑에 빠지면

본래의 천성보다 더 고상해진다고 합니다.

나리께서 용기가 있다면 제 말을

깊이 새겨들으셔야 합니다.

캐시오 부관은 오늘 밤 초소에서 경비를 설 것입니다.

미리 말해 두는데, 데스데모나는 그자에게 반했습니다.

로더리고 캐시오에게? 아니, 그럴 수 없어.

이아고 나리, 손가락으로 입을 막으시고 정신을 차리세요.

그리고 제 말을 들어 보세요.

그녀가 처음 장군의 허풍과 말도 안 되는 말들로

순식간에 빠져 버렸습니다.

데스데모나가 그 허풍에 언제까지 빠져 있을 것 같나요?

분별력이 있다면 그렇게 생각해서는 안 됩니다.

그녀도 눈요기해야겠지요. 악마 같은 놈을 보면서

그녀가 어떤 기쁨을 얻을 수 있겠습니까?

욕정이란 게 식어 버리면 지겨워지고,

다시 한번 욕정을 끌어올리게 만드는

새로운 색욕이 들끓게 하기 위해서는

매력적인 외모라거나

어울리는 나이, 예의와 기품이 있어야 합니다.

하지만 무어인에게는 하나도 해당되지 않는 말입니다.

그런 이유로 그녀는 곧,

자신이 속았다는 것을 깨닫고 말 것입니다.

먹은 것을 토해 낼 것이고

무어인을 싫어하고 증오하게 되겠지요.

그럴 때 그녀는 본능에 이끌리듯

두 번째 선택을 하게 될 것입니다.

자, 나리가 생각해 보세요. 두 번째 행운을 차지할 자로

캐시오만큼 유력한 사람이 어디 있습니까.

말을 정말 잘하고 겉으로 고상한 척하며

속에 있는 음탕한 욕정을 숨기고 있습니다.

그 이상의 양심도 없는 놈이지요.

능글맞고 세련된 녀석이기도 하고요.

기회를 잘 잡아내는 눈을 가진 놈입니다.

게다가 그놈은 잘생기고 젊어서

어리석고 잘 모르는 여인들이 따라다닐 만한

모든 조건을 다 갖추고 있습니다.

이렇게 모든 게 잘 맞아떨어지는 놈이라서

그 여자는 이미 그자에게 눈길을 돌리고 있단 말입니다.

로더리고 믿을 수가 없네.

신성한 그녀에게 이런 면이 있다는 걸 말이야.

이아고 신성이라니요. 얼어 죽을!

그 여자가 마시는 포도주도 포도로 만들었습니다.

만약 그녀가 신성하다면 무어 놈을

사랑하지도 않았을 거예요.

나리는 못 봤습니까?

그녀가 그놈 손바닥을 만지는 걸 말입니다.

로더리고 물론 봤지. 하지만 그건 예의였을 뿐이야.

이아고 제 손을 걸고 말씀드리겠습니다.

그건 욕정이었습니다.

이건 욕정의 역사와 더러운 마음을 담은

사악한 이야기의 시작입니다.

그들의 입술이 너무 가까이 마주하고 있어서

숨결로 서로를 안을 정도였어요.

이 친밀함이 더 깊어지게 된다면 본 행사,

그러니까 본격적으로 몸을 섞어서

일을 치를 수 있다는 겁니다.

이제 나리는 제 말대로 하시면 됩니다.

제가 모시고 온 이유이기도 하지요.

오늘 밤 야간 경비를 서세요.

야간 경계 명령을 제가 내리지요.

캐시오는 나리를 모릅니다.

제가 나리의 가까운 곳에 있을 테니,

나리는 어떤 방법을 써서라도 그자를 화나게 만드세요.

큰 소리가 나게 만들거나 그의 군 기강을 더럽히든,

어찌 되었든 나리가 할 수 있는 모든 방법으로

상황에 따라 좋은 기회를 잡으세요.

로더리고 글쎄.

이아고 나리, 그자는 경솔합니다.

갑작스럽게 화를 낼 것이고,

어쩌면 지휘봉을 휘둘러 나리를 겁줄지도 모릅니다.
아무튼 그렇게 하도록 만드세요.
그러면 제가 그걸 이용해서 키프로스섬 사람들이
소동을 일으키게 만들겠습니다.
이들의 소동을 멈추게 하는 방법은
캐시오를 파면시키는 것밖에 없습니다.
그러면 나리의 욕망은 더 빠르게 채워질 것이고
장애물은 손쉽게 제거될 것입니다.
그러지 않고서는 우리의 계획이 성공할 수 없어요.

로더리고 그래, 해 보겠네. 자네가 기회만 만들어 주게.

이아고 확실해요. 잠시 후에 성 앞에서 만나지요.
전 해안에 나가서 장군의 짐을 가져와야 하거든요.
잘 가세요.

로더리고 잘 가게나.

(로더리고 퇴장)

이아고 캐시오는 분명 그녀를 사랑해.
그녀도 그를 사랑하는 게 거의 분명하지.
무어 놈, 내가 그토록 증오하는 그자가
성실하고, 너그럽고,
고결한 성품을 가진 사람인 건 확실해.
데스데모나에게 괜찮은 남편감이기도 해.
그렇지만 이젠 나도 그 여자에게 반해 버렸어.

이건 꼭 욕정이라는 놈 때문만은 아니야.

물론 그렇게 보일 수 있겠지만.

하지만 나는 내 복수심을 굳건히 하려는 거야.

내 생각엔 그 음탕한 무어 놈이 내 잠자리에 들어와

내 아내 위에 올라탄 것 같단 말이지.

이 생각은 강한 독약처럼 내 오장육부를 갉아먹는 것 같아.

내 아내에 대한 복수를 그의 아내로 하지 않고서는

절대 만족할 수 없을 거야. 암, 그렇지.

혹시 실패한다고 하더라도,

적어도 무어 놈이 지독한 질투심에 사로잡혀

분별력을 잃게 만들어야겠어.

이 일을 위해 내가 할 일이라곤

사냥을 위해 쓰레기통에서 꺼낸

그 형편없는 베니스 놈을 부추기기만 하면 돼.

그러면 캐시오를 마음대로 휘두를 수 있지.

그놈에 대한 험담을 무어 놈한테 하는 거지.

그 이유는 캐시오 놈도 내 잠옷을 입은 것 같으니까.

무어 놈이 내가 자신을 이상한 바보로 만들고

놈의 안락한 마음을 미치게 만든 대가로 내게 고맙다면서

상을 내리게 하는 거지.

이 모든 게 내 머릿속에 있는데, 아직 정리가 덜 됐어.

악행의 참모습은 결코 실행 전에는 드러나지 않는 법.

(퇴장)

2장

(한 전달자가 포고문을 낭독하면서 등장)

전달자 우리의 고결하고 용맹하신
오셀로 장군님의 뜻을 전합니다.
장군님께서는 방금 도착한 터키군 함락 소식을 듣고,
모두 마음껏 승리를 자축하시길 원합니다.
춤추고 싶은 사람, 모닥불을 피우고 싶은 사람,
모두 자기가 하고 싶은 대로
놀고먹고 마시라고 하셨습니다.
이런 희소식과 더불어
장군님의 결혼을 축하하기 위한 자리입니다.
장군님은 기쁜 마음으로 포고령을 내리셨습니다.
음식과 음료가 저장되어 있는 방들을 전부 열었습니다.
지금 5시부터 11시를 알리는 종이 칠 때까지
완전히 자유롭게 먹고 마실 수 있습니다.
하늘에서 키프로스섬과
우리의 훌륭한 오셀로 장군님을 축복해 주시길! (퇴장)

3장

(오셀로, 데스데모나, 캐시오, 수행원들 등장)

오셀로 이보게, 충직한 캐시오.
　　　자네가 오늘 밤 경비를 맡아 주게.
　　　분별력을 잃지 말고 끝까지 자제하길 바라네.
캐시오 이아고에게 할 일을 지시했습니다.
　　　그렇지만 저도 주변을 직접 살피도록 하겠습니다.
오셀로 이아고는 아주 성실한 자야.
　　　캐시오 자네가 수고해 주게나. 내일 아침 일찍
　　　자네와 할 이야기가 있다네. (데스데모나에게) 자, 내 사랑.
　　　이제 우리가 결혼했으니 그 결실이 뒤따라야지.
　　　아직 당신과 나 사이에서 그 기쁨이 얻어지지 않았어.
　　　(캐시오에게) 잘 자게나.

(오셀로와 데스데모나 퇴장. 이아고 등장)

캐시오 어서 오게나. 우리는 야간 경비를 서야 하네.
이아고 지금부터 그럴 필요는 없습니다.
　　　부관님, 시간을 보세요. 아직 10시도 되지 않았습니다.
　　　장군님께서는 부인과의 사랑을 위해
　　　우리를 이렇게 일찍 놓아주신 겁니다.
　　　그렇다고 그분을 비난할 일은 아니지요.

아직 부인과 하룻밤의 즐거움도

보내지 못하셨으니까요.

부인은 주피터 신조차도 함께 즐기고 싶어 할

미인 아닙니까.

캐시오 그렇지. 아름다운 분이지.

이아고 분명하건대, 잠자리에서도 아름다울 분이세요.

캐시오 그렇지. 참 순결하고 섬세한 눈을 가졌어.

이아고 그렇지요. 눈은 또 어떻고요!

마치 사람을 자극하는 소리를 내는 것 같은 유혹이 있지요.

캐시오 매혹적인 눈인 건 맞지만, 아주 정숙해 보여.

이아고 그분이 입을 열어 말씀하시면

그건 사랑의 나팔 소리 같습니다.

캐시오 정말 완벽하신 분이야.

이아고 두 분의 잠자리에 축복이 깃들기를!

자, 부관님. 제가 술 한 병을 준비했습니다.

지금 문밖에는 오셀로 장군님의 건강과 사랑을 위해

건배를 나눌 두 명의 키프로스 용사들이

기다리고 있습니다.

캐시오 아니, 이아고. 오늘 밤은 무리라네.

나는 술이 아주 약한 사람이거든.

술을 조금만 마셔도 머리가 지끈거린다네.

오늘은 술이 아닌 다른 기쁨을 생각해 내면 좋겠군.

이아고 아, 그들은 바로 제 친구들입니다.

그러니 딱 한 잔만 드십시오.

　　　　나머지는 제가 다 마시도록 하겠습니다.

캐시오　오늘 밤에는 이미 한 잔을 마셨다네.

　　　　그것도 몰래 물을 타서 마셨는데도

　　　　이렇게 얼굴에 술기운이 올라오고 있다고.

　　　　술이 약한 게 나의 단점이니 더 마신다면 그건 부담이네.

이아고　아니, 무슨 말입니까.

　　　　축제의 밤입니다. 이 친구들도 기다리고 있습니다.

캐시오　그들이 어디에 있단 말인가?

이아고　여기 바로 문 앞에요.

　　　　제발 그들을 들어오라고 부르세요.

캐시오　그렇게 하겠네. 내키지는 않는 일이군. (퇴장)

이아고　만약 오늘 밤,

　　　　저자에게 딱 한 잔만 마시게 할 수 있고

　　　　이미 마신 것까지 합친다면 젊은 안주인의 개처럼

　　　　공격적인 성향으로 바뀌어 시비를 걸고 말 거야.

　　　　사랑에 빠져 버린 로더리고는

　　　　멍청하게도 반은 미친 상태나 다름없지.

　　　　그런 상태에서 데스데모나를 위한 술을

　　　　한없이 마셔 버린 상태에서 오늘 밤 경계를 서게 될 거야.

　　　　명예만을 중요하게 여기고 모욕에 오만을 떠는

　　　　키프로스 젊은이 세 명에게도 잔이 넘치게 술을 따라

　　　　취하게 만들어 버렸지. 그들 또한 경계를 서고 있어.

　　　　잔뜩 술에 취해 버린 이 주정뱅이들 사이에

　　　　캐시오를 밀어 넣어

섬사람들이 이해할 수 없는 짓을 하도록 만들어야지.
놈들이 벌써 오는군. 내 배는 바람과 조류의 때를 알고
순항하게 되는 거지.

(캐시오가 몬타노 신사들과 함께 등장. 하인들이 술을 들고 따라온다.)

캐시오 난 이미 큰 잔으로 한 잔을 받아 마셨다니까.

몬타노 그건 정말 작은 잔입니다. 제가 군인으로서 말하는데
그건 아주 적은 양이에요.

이아고 이봐, 술을 더 가져와라. (노래한다.)
건배합시다! 짠, 짠!
건배를 나눕시다. 짠!
군인도 인간이고
인간은 전부 목숨이 하나일 뿐,
그러니 군인도 술을 마셔야지.
이봐, 술을 좀 가져오라고!

캐시오 정말 멋진 노래군.

이아고 이 노래는 영국에서 배웠습니다.
그들은 술 마시는 게 정말 어마어마합니다.
덴마크 사람, 독일 사람, 배가 불룩 나온 네덜란드 사람,
자, 잔을 드세요! 그들 모두 영국 사람은 못 이깁니다.

캐시오 영국 사람들이 그렇게 술을 잘 마신다고?

이아고 아무렴요. 그들이 어찌나 술을 잘 마시는지

덴마크 사람들이 뻗어 버릴 때까지도
눈 하나 깜짝하지 않아요.
독일 사람들을 이길 때는 땀을 한 방울도
흘리지 않는다고요.
네덜란드 사람들은 다음 잔이 채워지기도 전에
토하게 만들고요.

캐시오 장군님을 위해 건배!

몬타노 나도 건배하고 똑같이 마셔 주겠소.

이아고 오, 멋진 영국이여! (노래한다.)

스티븐 왕은 훌륭한 왕이지.
바지값이 1크라운이라는데,
6펜스보다 비싸다고
재단사에게 사기꾼이라고 말했지.
그분은 참으로 권위 있는 분,
당신은 하찮은 존재
비싼 옷으로 사치하는 건 나라를 망치는 일
당연히 헌 옷을 입어야 하리.
여기 술을 더 가져오라니까!

캐시오 이런, 이번 노래는 아까보다 더 좋군.

이아고 다시 한번 들려 드릴까요?

캐시오 아니, 아니야. 그런 노래를 부르는 건
이 자리에 어울리지 않는다네.
하느님이 모두 다 내려다보고 있으시거든.
구원받아야 할 사람이 있고,

구원받아서는 안 될 사람도 있기 마련이지.

이아고 맞아요, 부관님.

캐시오 나로 말할 것 같으면,

장군님이나 다른 지체 높으신 분들에게

잘못을 하려는 게 아니지만,

나는 구원을 받으리라 믿는다네.

이아고 저도 그렇습니다, 부관님.

캐시오 그렇겠지. 하지만 나보다 먼저는 안 된다네.

부관이 기수보다는 더 빨리 구원을 받아야 하지 않겠나.

이제 이런 이야기는 그만하고 우리 임무를 끝내러 가세.

하느님이 오늘 우리의 죄를 용서해 주시길!

여러분, 이제 각자의 위치로 돌아가게나.

내가 취했다고 생각하지 마시오.

여기는 나의 기수, 이건 내 오른손이고 이건 내 왼손이지.

난 취하지 않았다네.

난 충분히 잘 서 있을 수 있고, 말도 똑바로 할 수 있지.

일동 네, 아주 훌륭하십니다.

캐시오 그래, 아주 좋소.

내가 취했다고 생각하면 안 되오. (퇴장)

몬타노 이보게, 이제는 초소로 갑시다.

그리고 보초를 정하지요.

이아고 여러분, 방금 나가신 그분을 보셨지요.

카이사르 앞에서도 지시를 내릴 군인이지요.

하지만 그분에게는 단점이 하나 있습니다.

장단점의 길이가 아주 똑같아서 그게 안쓰럽지요.
오셀로 장군님은 저분을 아주 신뢰합니다.
하지만 그분의 이런 단점이 언젠가 툭 튀어나와서
섬을 흔들어 버릴까 봐 걱정이 됩니다.

몬타노 저런 모습을 자주 보이시는가?

이아고 저렇게 정신이 없으시다가 곯아떨어집니다.
하지만 평소에는 시곗바늘이 두 바퀴 돌아갈 때까지
잠을 자지도 않습니다.

몬타노 장군님이 이런 사실도 알아 두시는 게 좋다고 보네.
어쩌면 장군님은 그의 이런 모습을 전혀 모르시거나
성격이 온화해서 그의 장점만 봤을지도 모르네.
그렇게 캐시오의 단점을 못 보는 걸 수도 있지. 안 그런가?

(로더리고 등장)

이아고 (로더리고에게 방백) 여긴 왜 오셨지요?
어서 부관을 따라가요!

(로더리고 퇴장)

몬타노 그건 참 안된 일이야. 고결하신 무어 장군님 곁에
저런 나쁜 버릇을 가진 부관이 있다니 말이야.
그런 모험은 위험하지 않겠나.
아무래도 무어 장군에게 말을 해 둬야겠군.

이아고 저는 이 섬 전체를 저에게 준다고 해도
그러지 못합니다.
저는 부관님을 따르는 부하입니다.
어떻게든 그분의 단점을
고쳐 주고 싶습니다. 어떤 일이라도 해서라도요.

(안에서 "사람 살려!"라는 소리가 들린다.)

이아고 아니, 그런데 이건 무슨 소리지요?

(캐시오가 로더리고를 쫓아 등장)

캐시오 이 나쁜 자식! 이런 악당 같은 놈!
몬타노 아니, 부관. 무슨 일이오?
캐시오 이 못된 놈이 어디서 날 가르치려 훈계야!
이놈을 두들겨 패서 묵사발로 만들어 버리겠어.
로더리고 날 때리시겠다고?
캐시오 어디서 그 주둥이를 놀리지?

(캐시오가 로더리고를 때린다.)

몬타노 그러지 마시게나, 부관. 그만하게나.
캐시오 이 손을 놓으시오.
안 그러면 당신 머리통도 갈겨 버릴 거니까!

몬타노 지금 자네는 취했네.

캐시오 내가 취했다고?

(둘이 싸운다.)

이아고 (로더리고에게 방백) 자, 나가서
폭동이라고 소리치시오.

(로더리고 퇴장)

이아고 참으세요, 부관님. 제발 다들 그만하세요!
도와주십시오, 부관님! 몬타노 님!
도와주시오, 여러분! 정말 경계를 잘 서는군요!
(종이 울린다.) 어떤 놈이 종을 치는 거야? 어이! 이봐!
마을 전체가 다 깨 버리겠어. 부관님, 제발 멈추세요!
이건 영원히 창피해할 일이 될 거예요.

(오셀로와 수행원들 등장)

오셀로 이게 무슨 일이지?

몬타노 젠장, 아직도 피가 흐르는군.
치명상을 입었습니다.

오셀로 목숨이 아깝다면 얼른 멈추거라!

이아고 그만하시라고요. 부관님, 몬타노 님, 두 분!

이제 지위도 책임감도 모두 잊으셨나요? 그만하세요!
장군님의 명령입니다. 그만하세요, 그만요!

오셀로 이봐, 이런 일이 어떻게 벌어진 거지?
어찌 이교도 놈들로 바뀐 건가? 하늘에서 터키군에게
행하지 못한 일을 서로에게 벌이라고 하셨나?
야만인처럼 서로 싸우다니. 아, 기독교인의 수치라네.
자기의 화를 못 참아서 계속 몸을 움직인다면,
그자는 자신의
목숨을 가볍게 여기는 거라 믿고 살려 두지 않겠다.
그리고 저 기분 나쁜 종소리를 멈추어라.
섬 전체가 시끄러워 이 평온함이 사라져 버릴 것 같구나.
자, 두 분. 어떻게 된 일이오?
정직한 이아고, 슬픔에 사색으로
바뀐 얼굴을 들어 말하거라.
누가 시작한 일이더냐. 네 충성심에 명령한다.

이아고 저는 아무것도 모릅니다.
방금 전까지만 해도 좋은 친구였고
이제 막 결혼한 신랑 신부처럼
곧 잠자리에 들 신혼부부 같았습니다.
그런데 어떤 별이 사람의 정신을 혼미하게 만든 것처럼
칼을 뽑아 들고 서로의 가슴에 겨눴습니다.
저는 이런 불행한 싸움이 어떻게 시작됐는지
말할 수가 없습니다.
차라리 이 싸움판에 저를 끼어들게 한 이 두 다리를

전쟁터에서 잃었더라면 좋았을 뻔했습니다!

오셀로 어떻게 된 일인가, 캐시오. 자네가 이성을 잃다니!

캐시오 제발 용서해 주세요. 드릴 말씀이 없습니다.

오셀로 훌륭하신 몬타노, 당신은 정말이지 점잖으신 분이오.

젊은 시절에도 당신이 얼마나 과묵했는지

세상이 다 알지요.

가장 날카롭게 비판하는 현명한 자들도

당신에 대해서는 아주 훌륭한 평가를 하고 있습니다.

이렇게 당신이 그 평판도 내팽개치고 명예를 더럽히는

한밤중의 싸움질을 하는 건 어떤 이유지요?

저에게 말해 주십시오.

몬타노 오셀로 장군님, 저는 지금 목숨의 위협을 느꼈습니다.

제가 지금 당장 말씀드릴 수 없는 것을

장군님의 기수인 이아고가 말할 겁니다.

저는 지금 너무 깊은 상처를 입어서 말할 수가 없습니다.

저는 오늘 제 행동이나 말에

잘못이 있다고는 생각하지 않습니다.

자신을 돌보는 게 악덕이고 폭력이 우리를 위협할 때

방어하는 게 죄라면 모를까 말입니다.

오셀로 이제, 정말이지 내 피가 끓는 기분이다.

화가 내 이성을 지배하기 시작했도다.

판단력이 흐려지면서 격정이 내 몸을 지배하는구나.

내가 이 팔을 들어 올리기만 해도

너희 중 어떤 자라도 금세 죽어 버릴지 모른다.

말해 보아라. 이런 추잡한 소동이 일어난 이유와
어떻게 누군가가 시작했는지를 말이다.
이 소동을 일으킨 사람이 밝혀지거든
그가 누구든, 설사 그자가 내 쌍둥이 형제라고 할지라도
나와는 영원히 끝장날 것이다. 무슨 짓인가!
아직 전쟁의 두려움에서 벗어나지 못한 사람들에게
이런 추잡한 집안싸움을 보이다니!
그것도 한밤중에 경계를 서야 하는 초소에서 말이다.
이건 있을 수 없는 일이지. 이아고, 누구냐?

몬타노　만약 자네가 불공정하게 떠들거나
직책의 높낮이를 마음에 두고 다른 말을 한다면
자네는 군인이 아닌 걸세.

이아고　저를 그렇게 몰아세우지 마십시오.
캐시오 부관님을 욕되게 하는 말을 하느니
차라리 이 혀를 잘라 내고 말겠습니다.
다만, 진실을 말한다 해도
그분에게는 나쁜 일이 되지 않으리라 생각합니다.
사실은 그렇습니다, 장군님.
몬타노 님과 제가 이야기를 나누고 있었습니다.
그런데 어떤 사람이 살려 달라고 외치면서 나타났습니다.
그 뒤로 캐시오 부관님이 칼을 뽑아 들고
그를 죽일 기세로 쫓아 나왔습니다.
장군님, 이 신사분은 그저 캐시오 부관님을
가로막고 그만두라고 일렀습니다.

저는 그 소리 지르는 자를 뒤쫓았는데,
결국 이렇게 되어 버렸지만, 그자의 소리로
이 도시가 두려움에 빠지는 걸 막기 위해서였습니다.
그자는 발이 무척이나 빨랐습니다.
그래서 전 놓치고 말았고요.
그런데 멀리서 캐시오 부관님이 큰 소리로 욕하는 것과
칼들이 서로 뒤엉켜 날카로운 소리를 내는 걸 듣고는
이곳으로 돌아왔습니다.
하지만 저는 맹세코 캐시오 부관님이
이전에 욕하는 걸 들은 적이 없습니다. 제가 돌아왔을 땐,
그 짧은 시간 동안 두 사람이 뒤엉켜서는
서로를 치고 찌르고 있었습니다.
장군님께서 두 분을 떨어뜨렸을 때는
또다시 그런 장면이 생긴 직후였습니다.
저는 이제 더는 말할 수 없습니다. 인간은 역시 인간일 뿐,
가장 훌륭한 자라고 해도
자신의 실수는 망각하기 마련입니다.
비록 캐시오 부관님이 몬타노 의원에게 실수했지만,
사람은 화가 머리끝까지 오르면
자신이 사랑하는 사람을 해치기도 합니다.
하지만 제 생각에 캐시오 부관님은
그 도망가는 작자에게 어떤 모욕을,
참을 수 없는 일을 당하셨을 겁니다.

오셀로 나는 알고 있다, 이아고.

너의 충성심과 배려심으로
이 문제를 아주 가볍게 말한다는 걸
다 알고 있다. 캐시오, 나는 자네를 정말 아끼지만
이제부터 자네는 내 부관이 아닐세.

(데스데모나 등장)

오셀로 보게나. 내 아내도 소란 때문에 잠에서 깨어났다네.
자네를 본보기로 삼겠다.
데스데모나 무슨 일이지요, 여보?
오셀로 이제 다 해결된 일이오. 침실로 갑시다.
몬타노, 그대가 입은 상처는 내가 직접 치료해 드리겠소.
이분을 모시거라.

(몬타노가 부축을 받으며 퇴장)

오셀로 이아고, 신중하게 마을을 살펴보게나.
이 추한 싸움으로 동요하는 마을 사람들을 돌봐 주게나.
데스데모나, 이런 작은 소동으로 잠을 깨는 건
군인들에게는 일상이나 다름없소.

(이아고와 캐시오만 남고 모두 퇴장)

이아고 앗. 부관님. 다치셨나요?

캐시오 그렇다네. 나는 어떤 수술로도
치료할 수 없는 상처를 입었네.

이아고 오, 하느님. 맙소사!

캐시오 명예, 명예, 난 명예를 잃었네!
나 자신에게서 영원히 빛날 것 같았던 소중한 부분을 잃고
이제는 짐승 같은 몸만 남았다네. 내 명예!
이아고, 나는 내 명예를 다쳤다네!

이아고 전 말을 그대로 믿는 놈이라,
부관님께서 몸이 다치신 줄 알았습니다.
명예보다는 몸의 상처가 더 아픈 법입니다.
명예라는 건 정말이지 쓸모가 없고
끝까지 곁에 남을 거라고 믿을 만한 것도 못 됩니다.
재수가 좋으면 아무런 공 없이 얻어지기도 하고,
때로는 아무 이유도 없이 사라지기도 하는 것일 뿐.
부관님께서 스스로 그렇게 실패자라고
여기시지 않는다면 명예를 잃으신 게 아닙니다.
그리고 제 생각에는
장군님의 마음을 돌릴 방법이 하나 있습니다.
지금 부관님은 잠깐 장군님의 기분을 망쳐 놓고
파직을 당하셨습니다.
진짜 적의가 아닌, 그저 직책으로 주는 벌일 뿐이지요.
건방진 사자를 혼내기 위해서
죄 없는 개를 때리는 것과 같은 일입니다.
나중에 장군님께 다시 간청해 보세요.

그러면 장군님께서는 틀림없이 청을 들어주실 겁니다.

캐시오 나는 차라리 나를 저주하라고 청하고 싶을 뿐이네.
그렇게 술에 취해서는 경솔하게
내 몸을 통제하지 못하는 부관이라면,
훌륭하신 장군님을 기만하는 거라네.
술독에 빠진 앵무새처럼 입을 움직이고
싸움질하면서 거들먹거리고 욕이나 하다니!
내 그림자에 호통친 거야!
아, 보이지 않는 술의 저주여.
만약 그 저주에 이름이 없다면 나는 악마라고 부르겠네.

이아고 부관님이 칼을 빼 들고 쫓아가던 자는
어떤 작자였지요? 그가 부관님께 무슨 짓을 했나요?

캐시오 아, 모르겠네.

이아고 아니, 그럴 수가 있습니까?

캐시오 여러 가지 일이 생각나지만 분명한 건 아무것도 없네.
싸우긴 했지만 왜, 어떤 이유였는지 모르겠네.
아, 주여. 자신의 정신을 훔쳐 가는 원수를 스스로
입에 넣는 존재가 사람이라니!
그렇게 기분이 좋은 듯 뛰어다니면서
좋은 기분에 박수 치고
스스로 짐승으로 만들어 버리다니!

이아고 그런데 지금은 멀쩡하세요.
어떻게 그리 쉽게 정신을 찾으셨나요?

캐시오 술주정이라는 악마가 기분에 취해

분노의 악마에게 자리를 양보한 거지 뭐겠나.

한 가지 결점이 드러나니, 다른 결점이 같이 나타나는군.

나는 나를 철저히 경멸하겠네.

이아고 자, 자, 부관님은 너무 도덕적입니다.

시간이나 장소, 이 나라가 처한 상황에서 보자면

이번 일이 일어나지 않았다면 얼마나 좋았을까요.

저는 이런 상황은 원하지 않았습니다.

하지만 일이 이렇게 일어난 이상,

부관님께서 수습하셔야 합니다.

캐시오 그래, 내 다시 장군님께 부관 자리를 청해 보겠네.

그러면 그분은 나를 주정뱅이라고 하시겠지.

내가 히드라처럼 많은 입을 가지고 있다고 하더라도

그런 말을 들으면 입에서 아무 말도 나오지 않을 거야.

조금 전까지는 생각이 있는 인간이었지만

점점 천치가 돼 결국 짐승이 되다니!

절제하지 않은 술잔을 받아 저주에 걸렸어.

그 안에 담긴 술은 악마라고.

이아고 자, 자, 술은 잘만 마시면 좋은 친구가 되기도 합니다.

이제 술을 탓하지 마세요.

부관님, 제가 부관님을 생각하고 있다는 걸 알아주십시오.

캐시오 나도 술잔을 받으며 그걸 증명하지 않았나.

이아고 부관님만 취하는 게 아닙니다. 누구든 취합니다.

이제 앞으로 어떻게 하셔야 하는지 일러 드리겠습니다.

지금 장군님의 장군님은, 부인이십니다.

제가 이렇게 말씀드리는 이유는 장군님께서
부인의 아름다움과 매력을 보고 칭찬하는 데
정신이 빠져 있기 때문입니다.
그러니 부인께 모든 일을 털어놓으시고
복직을 도와달라고 말해 보세요.
아시다시피 부인께서는 너그럽고 친절하며,
지혜로우십니다.
게다가 성품마저 좋으신 분이라 부탁받고
들어주지 않는다면
그게 죄라고 생각하시지요.
부관님과 장군님 사이에 생긴 무너진 다리가
다시 이어지도록 간청해 보세요.
제가 모든 재산을 걸고 말씀드리는데,
이번에 생긴 문제로 두 분의 사이는 전보다
더 좋아질 겁니다.

캐시오 좋은 충고군.

이아고 저는 진심으로
부관님을 생각하는 마음에 말씀드린 겁니다.

캐시오 나도 자네의 말을 진심으로 받아들이고 있다네.
내일 아침 일찍 인자하신 데스데모나 부인께
간청하러 가겠네.
하지만 만약 그분들이 날 거절한다면,
나는 절망을 맛보게 될 걸세.

이아고 부관님 말이 맞습니다. 옳은 선택이세요.

그럼, 이만 주무세요. 저는 경계를 서야 합니다.

캐시오 잘 가게나, 충직한 이아고. (퇴장)

이아고 이런 내가 악당이라고 누가 말할 수 있겠는가.

내가 그들에게 하는 충고가 이토록 순수하고 정직하거늘.
누구라도 생각할 수 있고,
정말 장군의 마음을 돌릴 수 있는
방법이 아닌가. 진정 마음을 다해서 간청하면
마음 약한 부인을 움직이는 건 쉬운 일이지.
그 여자는 애초에 마음이 관대하게 태어났으니 말이야.
그리고 그녀가 무어인을 설득하는 거지.
속죄의 면죄부를 버리거나 세례를 저버려도
그의 영혼은 그녀에 대한 사랑으로 묶여 있으니,
그녀는 자신이 원하는 대로, 마음대로 이루어지게 할 거야.
그녀에 대한 욕망이 그 무어인의 약한 마음을
신처럼 주무르듯 만들 수 있어.
이런 방법을 캐시오에게 알려 준 게
어찌 악당이라는 거지?
이건 바로 지옥의 선함이지.
악마들이 가장 흉악한 죄를 꾸밀 때는
지금의 나처럼 천사 같은 자가 나타나 그를 홀리지.
저 정직한 바보 놈은 자신의 운명을 바꾸기 위해
데스데모나에게 간청할 거야.
그러면 그 여자는 무어 놈에게 캐시오의 사정을 말할 거야.
그때 난 무어 놈의 귀에다 독약을 부어 넣을 거야.

그녀가 욕정에 이끌려 그의 복직을 청하는 거라고 말이야.
그러면 데스데모나가 캐시오의 복직에 힘을 쏟을수록
무어 놈은 점점 그녀를 신뢰하지 않게 될 거야.
이런 방식으로 나는 그녀의 착한 마음을
검게 뒤바꿔 내놓고
그녀의 선의로 그물을 만들어 그들 전부를 잡아낼 거야.

(로더리고 등장)

이아고 어쩐 일이시지요?
로더리고 내가 사냥을 위해 이곳까지 오기는 했지만
사냥개는커녕 그저 짖어 대는 얌몰이 개가 되었어.
이제 돈도 거의 다 써 버렸다네.
오늘 밤에는 몽둥이로 지독하게 얻어터지기까지 해
결론이 보이지 않네.
앞으로의 일을 생각해야겠어.
하지만 결론은 뻔하군.
고생한 대가로 많은 경험을 얻었다네.
돈 한 푼도 없이 정신을 차리고 베니스로 돌아갈 걸세.
이아고 이런, 인내심이 없는 자들은 정말이지 불쌍하군요.
천천히 아무는 게 상처 아닙니까?
우리는 마법을 쓰는 게 아닙니다. 잔재주를 부리지요.
꾀를 부린다는 건 시간이 걸린다는 걸 알지 않습니까.
이만하면 일은 잘되고 있습니다.

물론 나리는 캐시오에게 맞았지만,
나리가 조금 상처를 입은 덕분에
캐시오가 자리에서 쫓겨났어요.
물론 그 어떤 것들도
태양의 빛을 받으면 잘 자라기 마련이지만
결국에는 꽃이 먼저 피는 곳에서 열매가 익는 법이랍니다.
조금만 더 참으세요. 아니, 벌써 아침이군요.
즐거운 일을 하면 이렇게 시간은 짧기 마련이지요.
이제 그만 막사로 돌아가세요.
가세요. 나중에 더 많은 이야기를 해 드리지요.
자, 어서요. 가세요.

(로더리고 퇴장)

이아고 처리해야 할 일이 몇 가지 있겠군.
우선 마누라를 시켜서
데스데모나가 캐시오 편을 들게 해야 해.
그럼 마누라를 찾아야지.
그동안 나는 무어 놈을 부인에게서 떼어 놓고
캐시오가 그녀에게 간청하고 있을 때 그를 데리고
그 상황을 발견하게 만들어야 해. 그래, 바로 이거지.
괜히 시간 끌어서
이 좋은 일을 더디게 하지 말아야겠어. (퇴장)

3막

The Tragedy of
Othello

1장

(캐시오와 악사들 등장)

캐시오 여러분, 여기서 짧은 곡 하나 연주해 주시오.
　　　　내 돈은 넉넉히 드리겠소.
　　　　그리고 "장군님, 안녕히 주무셨습니까?" 하고
　　　　인사해 주시오.

(악사들이 연주한다. 광대 등장)

광대 아니, 이런.
　　　　악사님들, 당신들 악기는 나폴리에 다녀온 거지요?
　　　　뭔 콧소리를 그렇게 내는 거요?
악사 1 뭐가 어째?
광대 이것들이 다 바람으로 소리를 내는 거요?
악사 1 그렇네만.
광대 아, 그렇다면 꼬리가 달렸겠군요.
악사 1 어째서 꼬리가 있다는 거지?
광대 정말입니다. 내가 아는 바람으로
　　　　움직이는 것들이 전부 그렇지요.
　　　　악사님들, 이 돈을 받으세요.
　　　　장군님께서는 여러분의 음악은 정말 좋지만,
　　　　더는 시끄러운 소리를 내지 않았으면 한다고

부탁하셨어요.

악사 1 그렇다면 그렇게 하지.

광대 귀에 들리지 않는 음악이 있다면,

그건 연주해도 좋다고 해요.

사람들 말로는 장군께서는 음악 듣는 걸

별로 좋아하지 않는다고 하더군요.

악사 1 우선 그런 음악은 없네.

광대 그러면 피리를 다시 가방에 넣으세요.

난 이만 가 봐야겠어요. 가요! 어서 썩 꺼져요!

(악사들 퇴장)

캐시오 이보게, 정직한 친구. 내 말을 들어 보겠나?

광대 아니, 정직한 친구 말은 들리지 않고,

당신의 말은 들립니다.

캐시오 제발 그런 농담은 이제 그만하게.

여기 얼마 되진 않지만, 금화를 받게나.

만약 장군님 부인을 시중드는

여인이 자리에서 일어난다면,

캐시오라는 사람이 잠깐 이야기를 하고 싶어 한다고

전해 주게나. 들어주겠나?

광대 그 여인은 일어났습니다.

그분이 이쪽으로 오신다면 그렇게 하지요.

(이아고 등장)

캐시오 그렇게 해 주게나.

(광대 퇴장)

캐시오 마침 잘 왔네, 이아고.

이아고 아니, 어제 잠도 안 주무신 겁니까?

캐시오 그렇지. 우리가 헤어지기 전에
이미 해가 뜨지 않았나.
이아고, 난 대담하게 자네 부인에게 사람을 보냈네.
그녀에게 할 부탁은 데스데모나 님을 만날 수 있게
다리를 놓아 달라는 걸세.

이아고 제가 즉시 제 마누라를 부관님께 보내겠습니다.
그리고 장군님을 다른 곳으로 끌어내
조금 더 편히 대화하실 수 있게 만들겠습니다.

캐시오 정말 고맙네.

(이아고 퇴장)

캐시오 나는 저렇게 친절하고 정직한 사람을
피렌체에서 본 적이 없어.

(에밀리아 등장)

에밀리아 안녕하세요, 부관님.

안 좋은 일은 유감입니다.

하지만 금방 좋아질 거예요.

장군님과 데스데모나 님이 그 일에 대해 논의하고 있어요.

지금 데스데모나 님은 강력하게 부관님 편을 들고

있답니다.

장군님 말씀에 따르면, 부관님이 상처를 입힌 분이

키프로스에서 굉장히 명망 높으시고

고위층 인물들과도 잘 지내는 분이라,

그분의 판단으로는 부관님을

처벌하지 않을 수 없었다고 해요.

하지만 장군님께서는 부관님을

진심으로 아낀다고 하셨지요.

그러니 따로 간청드리지 않아도, 적당한 시기가 오면

부관님을 다시 부르신다고 했습니다.

캐시오 그래도 이렇게 부탁드립니다.

적당한 기회가 생길 때, 부디 데스데모나 부인과

단둘이 잠깐이라도 대화할 수 있게 해 주시오.

에밀리아 그럼 들어오세요.

제가 두 분이 마음 놓고 대화할 수 있는 곳으로

모셔드리겠습니다.

캐시오 정말 고맙습니다.

(모두 퇴장)

2장

(오셀로, 이아고, 신사들 등장)

오셀로 이아고, 이 편지를 선장에게 전하게.
　　　　그에게 내 충성심을 본국에 전해 달라고 해 주게나.
　　　　그 일이 끝나면 내 성채 위를 거닐고 있을 테니
　　　　그곳으로 오게나.
이아고 네, 장군님. 분부대로 하겠습니다.
오셀로 여러분, 성채를 둘러볼까요?
신사들 저희가 모시겠습니다.

(모두 퇴장)

3장

(데스데모나, 캐시오, 에밀리아 등장)

데스데모나 제가 부관님을 위해 할 수 있는 일이 있다면,
　　　　　무엇이든 하겠어요.
에밀리아 데스데모나 부인, 그렇게 해 주세요.
　　　　　제 남편도 자기의 일처럼 슬퍼하고 있답니다.
데스데모나 오, 충직한 자군요! 걱정하지 마세요, 캐시오.
　　　　　제가 장군님과 부관님을 예전처럼 친한 사이로
　　　　　되돌리고 말겠어요.
캐시오 저에게 앞으로 어떤 일이 닥친다고 하더라도
　　　　　저는 부인의 충실한 하인이 되도록 하겠습니다.
데스데모나 저는 그 마음을 잘 알고 있습니다, 부관님.
　　　　　제 남편을 존경하고 있고, 오랜 시간 함께 지내셨잖아요.
　　　　　분명 지금은 어쩔 수 없이 거리를 두고 있는 걸 거예요.
　　　　　안심하세요.
캐시오 하지만 부인, 그 거리 두는 정책이라는 게
　　　　　오랫동안 지속될 지도 모릅니다.
　　　　　또 하찮은 이유와 주변의 상황으로 말미암아
　　　　　제가 있던 자리가 누군가로 채워진다면
　　　　　장군님은 제 충성스러운 마음과 호의를
　　　　　잊어버리실지도 모릅니다.
데스데모나 염려하지 마세요. 여기 에밀리아 앞에서

제가 당신의 자리를 보장하겠습니다.

부관님 편이 되겠다고 이렇게 약속하면

전 끝까지 그 약속을 지키려고 노력할 거예요.

장군님이 지켜 내도록 도울 겁니다.

잠도 못 자게 만들고 졸라서 들을 수밖에 없게 만들겠어요.

그분의 잠자리를 침상으로,

식사하는 곳은 참회실로 만들어서

그분이 하는 모든 일을

캐시오 님의 복직과 연결 짓겠어요.

이제 염려를 거두세요.

제가 이렇게 부관님의 변호사를 자청한 이상

제 목숨을 걸고 지키겠어요.

(오셀로와 이아고 등장)

에밀리아 부인, 장군님께서 오십니다.

캐시오 부인, 전 이만 물러나겠습니다.

데스데모나 아니, 제 이야기를 더 들으세요.

캐시오 부인, 지금은 아닌 것 같습니다. 마음이 불안합니다.
　　부인의 뜻을 내비치기에는 적절하지 않습니다.

데스데모나 그럼, 당신 뜻대로 하세요.

(캐시오 퇴장)

이아고 아, 저는 저런 게 싫단 말이지요.

오셀로 무슨 소리냐?

이아고 아무것도 아닙니다, 장군님. 하지만……

오셀로 방금 내 아내와 헤어진 자가 캐시오 아닌가?

이아고 부관님이라고요? 분명 아닐 겁니다.
　　　장군님을 발견하고는 그렇게
　　　죄지은 사람처럼 도망가는 사람이 부관님이라니요.
　　　저는 부관님이라고 생각하지 않습니다.

오셀로 아니, 그자야. 분명해.

데스데모나 여보, 어서 오세요.
　　　방금 저는 한 청원자와 이야기를 나누었습니다.
　　　당신에게 미움을 받아 괴로워하는 남자요.

오셀로 누구를 말하는 거지?

데스데모나 누구긴요. 당신의 부관 캐시오 님이지요.
　　　제가 당신의 마음을 움직이게 하는 힘이 있다면
　　　그분의 후회와 용서를 당장 받아 주세요.
　　　만약 그분이 진심으로 당신을 위하지 않는다거나
　　　몰라서가 아니라 일부러 그런 잘못을 저지른 것이라면
　　　제가 정직한 사람을 알아보는 눈이 부족한 탓이겠지요.
　　　제발 그분을 다시 불러들이세요.

오셀로 그가 방금 이곳에서 나갔소?

데스데모나 네, 그랬어요. 너무 풀 죽은 모습이었어요.
　　　그분의 슬픔이 이곳에 남아 있어 저도 가슴이 아프답니다.
　　　여보, 그분을 다시 부르도록 해요.

오셀로 지금은 그럴 수 없소, 사랑하는 데스데모나.

이건 나중에 이야기합시다.

데스데모나 그렇지만 곧 복직시키실 거지요?

오셀로 당신을 위해 좀 더 빨리 복직시키겠소.

데스데모나 오늘 밤은 어때요?

오셀로 아니, 오늘 밤은 안 되오.

데스데모나 그러면 내일 점심에는요?

오셀로 내일 점심은 집에서 식사하지 못할 것 같소.

성에서 장군들과 회의가 있어.

데스데모나 그러면 내일 밤인가요? 아니면 화요일 아침,

화요일 낮이나 밤, 혹시 그마저도 안 된다면

수요일 아침은요?

제발 정확하게 정해 주세요. 사흘을 넘기지만 말아 주세요.

정말이지 그분은 진심으로 후회하고 있어요.

상식적으로 그분의 잘못을 생각한다 하더라도

전쟁 중도 아니었으니,

혼자 짊어져야 할 정도의 죄는 아니었어요.

그분을 언제 부르시겠어요?

말해 주세요. 만약 당신이 나에게 어떤 청을 한다면

저는 한 치의 망설임도 없을 것 같아요.

캐시오 님은 당신이 저에게 구혼하러 올 때

함께 오셨던 분이에요.

제가 당신에게 뭐라 말할 때마다 곁에서

당신 편만 들던 사람이에요.

그런 사람을 불러들인다는 게 그렇게 힘드나요?

저라면 그 이상도 가능해요.

오셀로 아, 이제 그만하시오.

그가 원할 때 언제든 오라고 하시오.

내 당신의 부탁은 한 번도 거절하지 않았소.

데스데모나 여보, 이건 제 부탁이 아니에요.

이건 제가 당신에게 장갑을 끼라고 말하고,

영양가 있는 음식을 드시라고 말하고,

따뜻한 옷을 챙겨 주는 것처럼

당신을 위해 청을 드리는 것과 같아요.

이 말이 당신에게 제 사랑을 보여 달라는 시험이라면,

판단할 수 없고 받아들이기 힘든 것을 말하겠지요.

오셀로 어떤 청이든 거절하지 않을 거요.

대신 내 부탁을 하나 들어주겠소?

잠시만 나 혼자 있게 해 주시오.

데스데모나 당신 청을 제가 거절하겠어요?

그래요. 잘 있어요, 여보.

오셀로 잘 가요, 데스데모나. 곧 가겠소.

데스데모나 에밀리아, 가요.

(오셀로에게) 당신 뜻대로 해요.

전 당신 생각을 따를 거예요.

(데스데모나와 에밀리아 퇴장)

오셀로 아, 훌륭한 내 사랑. 역시 멋진 여자야!

　내가 그대를 사랑하지 않는다면 내 영혼은 죽어 버릴 거야.

　내가 그대를 사랑하지 않을 때

　이 세상은 혼란스러워질 거야.

이아고 장군님.

오셀로 무슨 일인가, 이아고.

이아고 장군님께서 부인에게 구혼했을 때,

　캐시오가 두 분의 마음을 알고 있었나요?

오셀로 그렇지. 처음부터 끝까지 알고 있었지.

　그런데 그건 왜 묻지?

이아고 아닙니다. 단지 궁금했을 뿐입니다.

　다른 뜻은 없습니다.

오셀로 이아고, 무엇이 궁금하다는 거지?

이아고 전 그가 부인을 알고 있었다는 걸 몰랐습니다.

오셀로 정말이야? 그렇다니까. 그런데 왜지?

　그가 정직하지 않다는 말인가?

이아고 정직하다고요?

오셀로 그럼. 그는 정직하지.

이아고 장군님, 제가 아는 바로는…….

오셀로 자네 도대체 어떤 생각을 하는 건가?

이아고 생각이라니요, 장군님.

오셀로 생각이라니요? 도대체 왜 내 말을 되풀이하는 거지?

　그의 생각을 다 내보이기엔

　너무나 끔찍한 것을 품고 있다는 듯이

자네는 무언가를 알고 있는 것 같아.
방금 자네는 캐시오와 내 아내가 헤어졌을 때,
저런 건 싫다고 말하지 않았나.
도대체 뭐가 마음에 안 든다는 말이지?
그리고 내가 아내에게 구혼했을 때
그에게 조언을 구했다고 말했는데,
자네는 정말이냐고 되묻지 않았나?
그리고 자네는 마치 자네 머릿속에
어떤 끔찍한 생각을 가지고 있는 듯
미간을 찌푸리기도 했어.
정말 나를 위한다면, 자네 생각을 말해 주게나.

이아고 제가 장군님을 위한다는 건 알고 계시지요?

오셀로 그럼, 알고 있지.
그리고 나는 자네가 아주 충직하고
날 존경한다는 것도 알고 있네.
게다가 어떤 말을 하기 전에
매우 신중하게 군다는 것도 알지.
그러니 자네가 이렇게 머뭇거리는 게
얼마나 불안한지 모르네.
거짓되고 충성심 없는 자들이라면,
흔히 쓰는 속임수에 불과하지만
충직한 자들의 그런 행동은 마음에서 우러나오는
깊은 생각을 뜻하니까.

이아고 캐시오 님은

저 또한 아주 정직한 분이라고 장담합니다.

오셀로 나도 그렇게 생각하네.

이아고 사람은 겉과 속이 같아야 합니다.

속이 다른 자들은 겉으로도 정직한 척하지 말아야 하고요.

오셀로 맞는 말이야. 인간이라면 겉과 속이 같아야 하지.

이아고 그렇다면 캐시오 님은

아주 정직한 분이라고 생각합니다.

오셀로 아니, 자네의 말에는 아직 미처 하지 못한 말이 있어.

제발 자네가 생각하는 모든 걸 그대로 말해 주게나.

정말 나쁜 생각이라 해도 괜찮네.

이아고 장군님, 용서해 주십시오.

직무상 해야 하는 일이라면 따라야 하겠지만

노예에게도 자유가 있습니다. 제 생각을 말해야 할

의무는 없습니다. 만약에라도 그 생각들이 아주 추하고

거짓에 싸여 있다면 어떻게 하실 건가요?

궁전에도 간혹 추한 것들이 침입하지 않습니까?

재판장에 앉아 그 어떤 불결한 생각도 하지 않고

재판만 진행할, 그런 순수한 사람이 어디 있습니까?

오셀로 이아고, 만약 자네의 친구가

부당한 일을 당했다고 생각하면서도

그에게 자네의 생각을 털어놓지 않는다면

그건 자네 친구를 해치는 일이 된다네.

이아고 제발 부탁드립니다, 장군님.

저의 추측이 옳지 않을 수도 있습니다.

앞뒤 없이 불확실한 예측 때문에
걱정을 늘리지 않으시길 바랍니다.
고백하자면, 저에게는 남의 잘못을 염탐하는
버릇이 있습니다.
가끔 질투심에 있지도 않은 잘못을 만들어 내는
습관도 있고요.
그러니 지혜롭게 생각하시길 바랍니다.
제 생각을 말씀드리는 건 장군님의
마음에도 들지 않을 것이고
누구에게도 득이 되지 않습니다.
또 저의 사내다움, 정직과 용기
이런 것들에도 도움이 되지 않습니다.

오셀로 그게 무슨 소리인가?

이아고 존경하는 장군님. 남녀를 구분 짓지 않고 명예라는 건
영혼에 가장 소중한 보석이나 마찬가지입니다.
제 지갑을 훔치는 자는 쓰레기를 훔치는 것과 같습니다.
돈도 중요하지만, 아무것도 아닐 뿐
제 것이다가도 남의 것이 됩니다.
수많은 사람에게 쥐여 있던 거니까요. 하지만
제게서 명예를 훔치는 자는 스스로 부자가 되지 못하면서
저를 가난하게 만드는 것을 훔치는 것과 같습니다.

오셀로 내 기필코 자네의 생각을 알아야겠네.

이아고 그러실 수 없습니다.
제 마음이 비록 장군님께 있다지만요.

저 자신이 그 마음을 품고 있는 한, 가능하지 않습니다.

오셀로 하!

이아고 아, 장군님. 질투라는 감정을 조심히 다루십시오.

초록색 눈을 가진 괴물이며,

자신의 먹이를 조종하는 놈입니다.

남에게 아내를 잃고 죄지은 아내를 사랑하지 않는 남편은

자기 운명을 확신하고 행복하게 사는 겁니다.

하지만 끔찍하게도,

의심하면서 사랑하고 의심하고 사랑하는

남편은 얼마나 지옥 같은 시간을 살게 되는 걸까요?

오셀로 아, 그건 정말 비참하겠지.

이아고 가난하지만 만족하는 자는 부자나 다름없지요.

그렇지만 가난해질 수 있다는 걱정에 사는 자는

아무리 부자라고 하더라도 한겨울처럼 가난합니다.

신이시여, 우리의 종족 모두를

질투로부터 지켜 주십시오!

오셀로 그렇지만 왜 그런 말을 하는 거지?

자네는 내가 질투에 눈이 멀어서

달이 변할 때마다 또 다른 의심을 키울 것이라고

생각하나?

아니네. 나는 의심을 시작하면 반드시

그 끝을 파헤쳐야만 하네.

자네가 그렇게 상상하고 있는 것과 같이 내 영혼을

그런 말도 안 되는 억측들에 쏟아 낸다면

날 염소라고 해도 좋아.

내 아내가 아름답고, 잘 먹으며, 친구를 좋아하고,

말을 거리낌 없이 하며, 노래를 잘하고,

춤에도 능할지라도

난 질투를 느끼지 않는다네.

정숙한 아내에게는 이런 점들이 더 큰 장점이지.

나 자신에게 그 어떤 부족함이 있다고 해도

난 그녀의 배신을 절대로 상상하지 않는다네.

그녀는 스스로 나를 보고 선택했으니까.

아니, 이아고. 난 의심하기 전에 확인하고 말 걸세.

의심스럽다면 밝혀내고 말아야지.

그리고 증거가 있다면 그걸로 끝이지.

즉시 사랑을 버리거나 질투심을 버리거나, 둘 중 하나지.

이아고 그렇게 말씀하시니 기쁩니다.

이제는 제 충성심과 애정을

장군님께 솔직하게 보여 드릴 수 있습니다.

그러니 의무감으로 하는 제 이야기를 들어 주십시오.

아직 뚜렷한 증거가 있는 건 아닙니다.

부인을 잘 지켜보십시오.

특히 캐시오와 함께 있을 때를 말입니다.

그때 장군께서는 질투한다거나

안심한다는 티를 내시면 안 됩니다.

저는 장군님의 관대하고 고귀한 성품이 이용당하는 것을

원하지 않습니다. 그러니 잘 지켜보세요.

저는 우리나라 사람들의 기질을 잘 알고 있습니다.
베니스에서는 남편에서 보여 주지 않는 행동을
하느님 앞에서는 거리낌 없이 보여 준답니다.
그들에게 최선의 양심이라는 건
그런 짓을 하지 않는 게 아니라 들키지 않는 거랍니다.

오셀로 그렇다고?

이아고 부인께서는 아버지를 속이면서
장군과 결혼하셨습니다.
장군님 모습을 보고 두려워하고 떨고 있는 척하면서도
그 모습을 가장 사랑하고 있었습니다.

오셀로 그랬지.

이아고 그렇다는 겁니다.
부인께서는 그렇게 아버지의 눈을 속이기 위해서
그런 모습을 연기할 수 있었던 겁니다.
그 결과 부인의 아버지는 이 모든 게 마술이라고 했습니다.
장군님, 저의 이런 말을 부디 용서해 주십시오.
장군님을 존경하는 바람에 말이 지나쳤습니다.

오셀로 자네의 이런 마음은 내 절대 잊지 않겠네.

이아고 제 말이 분명 장군님의 마음을 상하게 했을 겁니다.

오셀로 아니, 전혀.

이아고 아닙니다. 분명 상하셨을 거예요.
저는 장군님을 위하는 마음으로 말씀드린 겁니다.
하지만 역시 기분이 상하셨다는 걸 알겠습니다.
제발 제 말을 오해해 듣지 마시고 단순한 의심을 넘어

더 큰 문제로 확대하지 마시길 바랍니다.

오셀로 잊지 않겠네.

이아고 만약 장군님이 그렇게 하신다면
제 말은 제 의도를 벗어나게 될 것입니다.
부관님은 저의 소중한 친구입니다.
장군님, 아무래도 기분이 상하신 것 같군요.

오셀로 아니네. 나는 기분이 나쁘지 않아.
나는 데스데모나가 정숙하다고 생각하거든.

이아고 부인의 정숙함과 장군님의 생각이 계속되기를!

오셀로 그런데 어찌 자신의 천성을 지워 가면서…….

이아고 네, 바로 그런 점입니다. 제가 감히 말씀드리자면,
나라가 같고 동족인 데다가 피부색도 같으며,
신분마저 같은 자들의 구혼은 쳐다보지도 않았습니다.
그 어떤 면으로 보나 끌리는 게 당연하지만 말이지요.
흠, 이런 욕망으로 생각해 보면
아주 음탕하고 불순한 분위기가 느껴집니다.
부자연스럽다는 생각을 없앨 수가 없어요.
그렇지만 용서해 주십시오. 저는 부인에 대해 정확하게
알고 드리는 말이 아닙니다.
혹시라도 부인께서 정신을 차리고 같은 나라의 남자들과
장군님을 비교하면서 자신의 결정을 후회하게 되면
어쩌나 하는 마음입니다.

오셀로 이제 그만 가게나.
그리고 무언가 더 알게 된다면 나에게 알리게.

자네 부인에게도 살피라고 전해 주고.

이제 혼자 있겠네, 이아고.

이아고　(가면서) 그럼 이만 물러나겠습니다.

오셀로　내가 왜 결혼했을까? 정직한 이아고는 분명
내게 털어놓은 것보다 더 많은 걸 알고 있어.

이아고　(돌아오며) 장군님, 간청드립니다. 이 일을 더는
캐지 말아 주셨으면 합니다. 그저 시간이 필요한 일입니다.
캐시오가 부관의 자리를 잘 수행하셨으니, 그가 다시
그 일을 맡는 게 맞는 일입니다.
장군님께서 그와 거리를 두고 복직에 대해
고민만 하신다면
그 사람의 수단과 방법을 알게 되실 겁니다.
그리고 부인께서 얼마나 격렬하게 그의 복직을
요구하시는지, 아니면 그냥 두는지 살피십시오.
그때 많은 것을 알게 될 것입니다.
그때까지는 제 생각이 지나치다고 여기시고
부인을 자유롭게 두시길 바랍니다. 간청합니다.

오셀로　내 자제력은 걱정하지 마시게나.

이아고　그러면 저는 물러나겠습니다. (퇴장)

오셀로　저 친구는 정직할 뿐만 아니라 세상 물정도 잘 알아.
인간관계의 심리도 꿰뚫고 있어.
만약 내 아내가 길들일 수 없는 매라는 게 확인된다면,
그 발목의 줄이 혹시라도 내 심장의 끈이라 하더라도
호루라기를 불어 날려 보낼 거야. 바람에 몸을 맡기고

자유롭게 날아다니며 먹이를 찾을 수 있게 할 거야.
나는 피부색이 검고 다른 정치가들처럼
말이 능수능란하지 않아.
나이가 그리 많지는 않지만, 조금 먹은 탓에
그녀가 떠나는 걸지도 모르지. 난 그녀에게 버림받았어.
내가 구원을 받는 방법은 그녀를 미워하는 것뿐이구나.
아, 저주스러운 나의 결혼이여! 이 사랑스러운 여인을
내 것이라고 말할 수는 있지만,
그녀의 성욕은 내 것이 아니구나!
사랑하는 이를 다른 자에게 내맡기고
한쪽만 차지할 바에는
차라리 두꺼비로 변해 지하 감옥의 습기를 먹고 살 것이다.
이것 또한 신분 높은 자들의 역병일 뿐이지.
이런 것들은 그들에게 더욱더 특권이 없단 말이야.
죽음처럼 피할 수 없는 운명인 거지.
이 갈라진 뿔이 이마에 자라나는 운명을
우리는 태어나는 순간부터 지니게 되지.

(데스데모나와 에밀리아 등장)

오셀로 만약 그녀가 부정한 여인이라면
하늘 스스로 조롱하는 짓!
나는 그런 말을 믿을 수가 없도다.
데스데모나 어떻게 된 거지요? 무슨 일인가요, 오셀로 장군.

식사는 준비를 마쳤고, 당신이 초대한 이 섬의
귀한 분들이 당신만 기다리고 있어요.

오셀로 미안하오, 부인.

데스데모나 왜 이렇게 기운이 없으시지요?
어디 편찮으신가요?

오셀로 그냥 가벼운 두통이오.

데스데모나 잠을 통 못 주무셔서 생긴 거예요.
곧 나아지실 거예요.
제가 머리를 단단히 동여매 드릴게요.
그러면 곧 머리가 맑아질 거예요.

오셀로 당신 손수건은 너무 작아요.

(오셀로가 데스데모나의 손을 치자, 그녀가 손수건을 떨어뜨린다.)

오셀로 내버려 두면 좋겠소. 자, 함께 들어가지요.

데스데모나 당신이 편찮으셔서 너무 걱정이에요.

(오셀로와 데스데모나 퇴장)

에밀리아 이 손수건을 줍게 될 줄이야.
이건 부인이 장군님께 받은 첫 선물이었지.
변덕이 심한 내 남편은 이 손수건을 훔쳐 달라고
매일같이 졸랐어. 하지만 부인은 이 손수건을 항상
몸에 지니라는 장군님의 말 때문에, 항상 몸에 지니고

무척이나 아꼈어. 가끔은 이 손수건에 입을 맞추고
말을 걸기도 한단 말이지.
이 손수건의 모양을 똑같이 본떠서 남편에게 줘야지.
이 손수건으로 무얼 하려는지 모르겠지만
그저 기분이나 맞춰 주면 될 일이지.

(이아고 등장)

이아고 뭐야? 여기서 혼자 뭘 하고 있지?

에밀리아 잔소리 좀 그만해요. 줄 게 있다고요.

이아고 내게 줄 거라고? 보나 마나 하찮은 거겠지.

에밀리아 뭐라고요?

이아고 여편네가 워낙 멍청하니.

에밀리아 지금 말 다 했어요? 제가 손수건을 주면
　　　당신은 제게 뭘 주시겠어요?

이아고 뭔 손수건을 말하는 거야?

에밀리아 무슨 손수건이냐고요?
　　　장군님이 부인께 처음 선물한 그 손수건이요.
　　　당신이 매일매일 저에게 훔쳐 오라고 한 그 손수건.

이아고 그걸 훔쳤다고?

에밀리아 부인께서 어쩌다 떨어뜨리셨어요.
　　　그런데 제가 운이 좋아 이 자리에서 주웠고요.
　　　자, 여기 있어요.

이아고 기특하군. 이리 줘.

에밀리아 이걸 어디에 쓰려는 거예요?
　　　온종일 훔쳐 달라고 귀찮게 졸랐잖아요.
이아고 (손수건을 낚아채며) 아니, 그걸 알아서 어디에 쓰게?
에밀리아 만약 특별히 쓸데가 없는데 이러는 거면
　　　다시 돌려주세요. 불쌍한 부인!
　　　만약 이게 없어진 걸 아신다면
　　　정신이 반쯤 나가 버릴 거예요.
이아고 그냥 모른 척하라고. 내가 쓸데가 있단 말이야.
　　　어서 가. 이제 혼자 있고 싶어.

(에밀리아 퇴장)

이아고 이걸 캐시오가 지내는 방에 떨어뜨려서 줍게 해야지.
　　　공기같이 가볍고 사소한 일들도 질투에 눈이 먼 자에게는
　　　성경만큼이나 큰 힘을 지니게 되지.
　　　이걸로 뭔가 해내게 될 거야.
　　　무어 놈은 벌써 내 독약이 되어 버렸다고.
　　　처음에는 독약의 존재를 잘 모르겠지만,
　　　피에 조금이라도 섞이게 된다면 유황 광산처럼
　　　불타오르고 말지. 두고 보라고.

(오셀로 등장)

이아고 저기 그자가 오는군! 양귀비꽃이나 맨드레이크도

아니, 잠에 빠지게 만드는 그 어떤 것이라도 해도
그대가 어제까지 취했던 달콤한 잠을
되살리지는 못할 것이야.

오셀로 하, 하! 변해 버리다니, 내 아내가!

이아고 이런, 장군님. 왜 그러시지요? 인제 그만하세요.

오셀로 사라져! 사라지란 말이다!
네 녀석이 날 고문대에 올려놓았어.
이렇게 어설프게 조금 아는 것보다는
완전히 속는 게 더 나을 것 같군.

이아고 왜 그러시지요, 장군님?

오셀로 그녀가 나 몰래 보냈던
욕정의 시간을 내 어찌 알았겠느냐?
난 보지도 않았고 생각하지도 않았어.
그러니 괴롭지도 않았지.
다음 날 밤에도 아주 잘 잤고 기분도 좋았다.
아내의 입술에서 캐시오의
흔적을 전혀 찾을 수 없었어.
도둑맞은 사람이 그 사실을 몰랐을 때는
모른 채로 두어야지. 그래야 도둑맞지 않은 셈이거든.

이아고 그렇게 말씀하시니 죄송할 따름입니다.

오셀로 부대원 전부, 공병(군대에서 가교 · 건설 · 폭파 등을 담
당하는 병과 혹은 그에 속한 군인)들 전부가
그녀의 달콤한 몸을 맛보았다고 하더라도
내가 아무것도 몰랐다면 정말 행복했을 것이다.

아, 하지만 지금은 마음의 평안을 잃었다.

만족감들도 모두 이별이라고!

깃털로 장식한 군대와 야심을 미덕으로 만들어 주는

큰 전쟁들과도 영원히 안녕이야!

히힝거리며 우는 군마도, 날카로운 나팔 소리와

사기를 충전해 주는 북소리도, 귀를 뚫을 듯한

피리 소리와도 영원히 안녕이다.

당당하게 펄럭이는 깃발과 전쟁의 영광 전부 다!

커다란 목구멍으로 주피터의

어마어마한 소리를 흉내 내는

치명적인 전쟁 무기 대포여! 전부 안녕을 고한다!

이제 군인 오셀로의 역할은 끝났도다.

이아고 그럴 리가 있습니까, 장군님?

오셀로 이 나쁜 놈. 내 아내가 창녀라는 걸 증명하란 말이다.

분명하게 말하겠다. 명백한 증거를 가져오지 않으면

내 불멸의 영혼에 맹세컨대

내 몸에서 다시 살아난 분노의 보복을 네가 당한다면,

'차라리 개로 태어났으면 좋겠다.'라고

생각하게 할 것이다.

이아고 결국 이렇게 돌아오는 건가요?

오셀로 내 앞에 사실을 밝히는 증거를 가져와라. 최소한의,

작은 의심도 가질 수 없을 정도로 단단한 증거를 가져와라.

그렇지 않으면 네놈의 목숨을 거두어 갈 것이다.

이아고 고귀하신 장군님…….

오셀로 만약 네놈이 내 아내를 중상모략해

나를 괴롭히고자 한 것이라면,

하늘에 기도할 필요도 없다.

용서를 비는 짓도 그만두어라.

끔찍한 공포를 머리에 넣어라.

하늘이 울고 온 땅이 흔들릴 정도로

큰 죄를 저지른다 해도

이것보다 더 지독한 저주는 만들 수 없을 것이다.

이아고 오, 하느님! 제발 저를 지켜 주세요!

이러고도 장군님이 사내라 할 수 있습니까?

생각이나 분별력이 있다고 할 수 있습니까?

전 인제 그만두겠습니다. 안녕히 계십시오.

아, 불쌍한 이 같으니라고.

정직함을 악덕으로 만드는 삶이라니!

정말이지 미친 세상이로다! 오, 세상이여!

솔직하고 정직한 건 안전하지 않은 일이다.

이런 중요한 걸 알게 해 주셔서 정말이지 감사합니다.

이제는 앞으로 친구도 사랑하지 않겠습니다.

사랑이 이렇게 큰 화를 불러일으키는군요.

오셀로 아니, 기다리게나. 자네는 정직해야 해.

이아고 아닙니다. 저는 현명해야 했습니다.

정직은 바보 같은 짓이고 사람을 잃게 만드니까요.

오셀로 내가 다시 온 세상을 두고 맹세컨대

나는 내 아내가 정숙한 것 같기도 하고,

아닌 것 같기도 하다네.

자네가 옳은 것 같기도 하고, 아닌 것 같기도 하고.

그러니 증거가 필요하다네.

다이애나(그리스 신화에 나오는 여신으로 '디아나'로 불리는

사냥의 여신)의 얼굴처럼 깨끗하게 빛나던

아내의 얼굴이 지금은 내 얼굴 같구나.

밧줄이나, 칼, 독약이나 불이라도 좋다.

혹은 빠져 죽을 수 있는 시냇물이 있어도 좋지.

내가 정확하게 알 수만 있다면 그냥 두지 않을 거야!

이아고 장군님은 지금

마음의 평정을 완전히 잃어버리셨습니다.

제가 그 말을 한 걸 후회하게 됩니다.

기어이 진실을 원하시는 겁니까?

오셀로 아무렴. 원하지. 알아야겠어.

이아고 그럴 수도 있겠군요.

하지만 어떻게요? 어떤 방법으로요?

장군님께서 마치 구경꾼이라도 된 듯이

그가 그녀의 위에 올라탄 광경을 보시겠다는 겁니까?

오셀로 죽어서 지옥에 떨어질 것! 오!

이아고 제 생각에는 두 사람이 그런 짓을 하는 걸

보여 주는 건 어렵습니다.

그들이 혼자가 아닌 함께 베개를 베고

누워 있는 걸 누군가 본다면,

그땐 그들도 끝장이 나 버릴 테지요.

그럼 어떻게 하느냐고요?

제가 이 상황에서 무어라 말해야 하지요?

어떻게 말해야 만족하시겠습니까?

그들이 염소처럼 혈기 왕성하고, 원숭이처럼 음탕하며,

발정 난 늑대처럼 한껏 달아 있고,

술주정뱅이처럼 천박하게 굴어도

그 일은 불가능하다는 걸 아실 겁니다.

그렇지만 그런 직접적 증거가 아닌, 정황 증거만으로도

만족하신다면, 그 증거를 얻으실 수 있습니다.

오셀로 그녀가 부정하다는 증거를 가져와라.

이아고 저는 이 일이 내키지는 않습니다.

하지만 이 일에 제가 너무나 깊게 관여된 것만 같고

어리석은 정직함과 존경하는 마음으로 연결되었기에

계속 말씀드리겠습니다.

최근에 저는 캐시오 부관님과 함께 잔 적이 있습니다.

그렇지만 저는 치통으로 앓느라 잠을 못 잤습니다.

하지만 아시지요. 간혹 잠이 든 상태에서

자신의 마음을 말하는 자들이요.

캐시오가 바로 그런 자였습니다.

저는 그가 잠에 빠진 채로 이렇게 말하는 걸 들었습니다.

"사랑하는 데스데모나, 조심해야 해요.

우리 사랑을 들키지 맙시다."

그러더니 제 손을 움켜쥐고 끌어당기면서

"오, 내 사랑."이라고 말하는 소리를 들었습니다.

그다음에는 마치 제 입술에 자란 혀를 뿌리째 흔들듯
강한 키스를 퍼부었습니다. 그다음에는 자신의 다리를
제 허벅지 위에 올리고 한숨지으며 키스했지요.
그러고는 이렇게 외쳤습니다.
"이런 저주가 있다니! 당신을 무어인에게 빼앗기다니!"

오셀로 오, 끔찍해. 아주 끔찍하도다!

이아고 아닙니다. 이건 그저 그의 꿈일 뿐입니다.

오셀로 그렇지만 꿈은 이미 행한 짓을 보여 주는 법이지.

이아고 그렇습니다. 꿈이라고 하지만 충분히 의심을 사지요.
그리고 이 행동은 어렴풋한 의심을
분명하게 만들고 있습니다.

오셀로 내가 그년을 갈기갈기 찢어 버릴 테다.

이아고 아닙니다, 장군님. 현명하셔야 합니다.
아직 아무것도 본 것이 없으니,
부인은 정숙할 수도 있습니다.
하지만 이것만큼은 말씀해 주세요.
혹시 부인께서 종종 딸기 무늬의 손수건을
들고 있는 걸 본 적이 있으신가요?

오셀로 그건 내가 그녀에게 준 첫 선물이지.

이아고 몰랐습니다. 그건 틀림없이 부인의 것이지요?
하지만 오늘 저는 캐시오가 그 손수건으로
수염을 닦는 걸 봤습니다.

오셀로 그 손수건이 그것이라면……

이아고 그게 장군님이 주신 손수건이라면,

아니, 그냥 부인의 것이라고 해도
다른 증거들과 함께 부인의 잘못을 입증하는 것입니다.

오셀로 아, 그놈의 목숨이 4만 개라면 좋겠구나!
하나의 목숨으로 내 복수를 보여 주기엔 너무 부족하구나.
이제야 나는 네 말을 믿을 수 있게 되었다. 보아라, 이아고.
나의 미련한 사랑을 이제 하늘로 날려 보내겠다.
사랑은 사라졌구나.
검은 복수여, 일어나거라. 텅 빈 지옥의 방에서 나오소서.
오, 사랑이여, 굴복하라. 너의 왕관과 가슴속 권좌를
흉악한 증오심에 넘기거라.
가슴아, 부풀어 올라라. 독사의 혀에서 나온 독으로!

이아고 제발 진정하셔야 합니다.

오셀로 오! 피, 피, 피! 피를 보겠다!

이아고 참으십시오. 장군님의 마음은 변할 수도 있습니다.

오셀로 아니, 절대 아니야. 그럴 일은 없다, 이아고.
저 멀리 보이는 흑해의 차가운 조류가
정해진 항로를 따라 마르마라해와
다르다넬스 해협으로 나아가듯
절대 썰물처럼 물러나지 않고 격렬하게 나아가는 것처럼
나의 잔인한 생각들도 거세게 나아가고 있다네.
절대 뒤돌아보지 않을 것이다.
내가 사랑에 어울리는 마음으로 바뀐다는 건,
그들에게 잔인한 복수를 해 끝장내는 때도다.
나는 지금 저 대리석 같은 하늘을 두고

성스러운 맹세를 하겠다. (무릎을 꿇는다.)

이아고 아직 일어서지 마십시오. (무릎을 꿇는다.)
항상 불타오르는 하늘의 별들이여,
우리 주위를 돌고 있는 비바람이여,
이 자연이 우리의 증인이 되어 다오.
나 이아고가 이 자리에 있는
배신당한 오셀로 장군을 위해
지혜와 손, 가슴 모두를 바치겠다는
맹세의 증인이 되어 다오.
장군님이 명령만 내리신다면,
그 어떤 잔혹한 일이라 할지라도
장군님에 대한 의무를 다해 복종할 것이다.

(두 사람이 일어선다.)

오셀로 자네의 충성심에 감동하는 바네.
그저 빈 감사가 아니라, 진심으로 마음을 다해서 말이야.
곧 자네가 해야 할 일을 주겠네.
사흘 내로 캐시오가 살아 있지 않다는 말을
듣게 해 주시게나.

이아고 제 친구는 이미 죽었습니다.
저는 장군의 명령에 따르겠습니다만,
부인은 살려 두시지요.

오셀로 저주받을 음탕한 계집! 오, 지옥 불에 떨어지라지!

자, 이제 따로 떨어지세. 나는 들어가 그 아름다운 악마를 죽일 방법을 마련하겠네. 자네는 이제 나의 부관이네.

이아고 저는 장군님의 영원한 충신입니다.

(모두 퇴장)

4장

(데스데모나, 에밀리아, 광대 등장)

데스데모나 이봐라, 캐시오 부관이 어디에 사는지 아느냐?

광대 그분이 어디에 누워 생활하는지 감히 말할 순 없지요.

데스데모나 왜 그러지?

광대 그분은 군인입니다.

　　　군인의 사생활을 발설한다면 칼에 맞습니다.

데스데모나 장난은 그만둬!

　　　그분이 지내는 곳을 말하란 말이다.

광대 그분이 어디에서 지낸다고 말하는 건 거짓말이지요.

데스데모나 그게 무슨 말이지?

광대 그분이 어디에 사는지는 알 수 없습니다.

　　　그러니 제가 어디에 산다고 상상해서 말하는 건,

　　　제 혀가 거짓을 고하는 것이지요.

데스데모나 사람들에게 물어서 그의 행방을 찾을 수 있을까?

광대 온 세상에 물어서 그분을 찾아보지요.

　　　질문하고 대답을 듣겠어요.

데스데모나 그를 찾는다면 이리로 오라고 전해라.

　　　내가 그분을 대신해 장군의 마음을 돌리게 됐다고 말하고,

　　　모든 일이 풀릴 것이라고 전하거라.

광대 이런 일은 사람이라면 할 수 있으니,

　　　당장 하도록 하겠습니다. (퇴장)

데스데모나 에밀리아, 내가 그 손수건을
　　　　　어디에서 잃어버렸을까?

에밀리아 저는 모르겠습니다.

데스데모나 차라리 금화가 가득 찬 지갑을
　　　　　잃어버리는 게 더 나았을 거야.
　　　　　하지만 나의 훌륭하신 오셀로 장군은
　　　　　마음이 진실하고 천박한 질투심이라곤 찾아볼 수 없으니
　　　　　나쁜 생각을 하지 않으실 거야.

에밀리아 오셀로 장군님은 질투심이 없나요?

데스데모나 누구? 그분이? 그분이 태어난 나라에서는
　　　　　그런 것들을 태양으로 태워 버린 것 같아.

에밀리아 저기 장군님이 오십니다.

　　　　(오셀로 등장)

데스데모나 캐시오를 다시 부르실 때까지
　　　　　그분 곁에 있어야지. 여보, 기분은 어떠신가요?

오셀로 좋지요.
　　　　(방백) 오, 내 마음을 속이는 게 이렇게 힘들구나!
　　　　부인, 당신은 어떻소?

데스데모나 물론 저도 좋습니다.

오셀로 당신 손 좀 봅시다. 손이 축축하군요.

데스데모나 아직 젊고 슬픔을 모르는 손이랍니다.

오셀로 이건 다산과 마음이 헤프다는 걸 말해 주는 거지.

너무 뜨겁고, 또 뜨거우며 축축하군. 당신의 손을 보니까
자유로부터 멀어지고 단식과 기도를 하며
종교적 수행이 필요할 것 같소.
이런 손에는 젊고 정욕에 들끓는 악마가 있어서
배신이 쉬운 일이거든. 이 손은 솔직한 손이지만
개방적인 손이지.

데스데모나 장군께서 그렇게 말할 만도 하지요.
이 손이 바로 장군께 마음을 허락했으니까요.

오셀로 아, 관대한 손이군!
옛날에는 마음이 있어야 손을 주었지만
요즘의 새로운 것들은 마음이 없고 손만 있지.

데스데모나 무슨 말씀인지 모르겠어요.
자, 이제 약속부터 지키세요.

오셀로 무슨 약속을 말하는 거지?

데스데모나 이리 와서 당신과 이야기하라고
캐시오를 불렀어요.

오셀로 감기 때문에 콧물이 나는구려.
당신 손수건을 좀 빌려주시오.

데스데모나 여기 있어요, 장군.

오셀로 내가 당신에게 준 손수건을 주시오.

데스데모나 그건 지금 없어요.

오셀로 없다고?

데스데모나 네, 지금은 없어요.

오셀로 그건 좀 잘못된 것 같소.

그 손수건은 어떤 이집트인이 우리 어머니에게 준 것이오.
그녀는 마법사였고, 사람의 마음을 읽어 내는
능력이 있었소.
그녀는 어머니께 그 손수건을 주면서 말했지.
손수건을 지니고 있다면
그동안 어머니의 모습이 사랑스럽게 보여
아버지의 사랑을 무한정 받을 수 있겠지만
그것을 잃어버리거나 누군가에게 선물로 줘 버리면
아버지는 어머니를 보기 싫어할 것이고,
그분의 마음은 다른 여자를 찾을 거라고 했소.
어머니는 돌아가시면서 그 손수건을 내게 주셨고,
운명적인 여인을 만나 아내로 맞게 된다면
그녀에게 주라고 하셨지.
나는 어머니의 말씀처럼 그렇게 했소.
그러니 손수건을 잘 챙기시오.
그것을 당신의 귀중한 눈처럼 소중하게 지니시오.
잃어버리거나 남에게 줘 버린다면,
그 어떤 것으로도 막을 수 없는 재앙이 닥칠 것이오.

데스데모나 그럴 수가 있나요?

오셀로 물론이지. 그 손수건의 무늬를 짜면서
마법을 엮었다고 했소.
이 세상에서 태양이 지구를 도는 걸 200번이나 본 무녀가
격렬하게 발작하며 예언을 듣고 수를 놓았소.
그 손수건의 비단실은 신성한 누에들에서 뽑은 것이고

손수건을 물들인 것은 처녀 미라의 심장에서
뽑은 즙이라오.

데스데모나 정말, 그게 사실인가요?

오셀로 틀림없는 사실이오. 그러니 잘 간직하시오.

데스데모나 그렇다면 애초에 그걸 받지 않았다면 좋았을걸!

오셀로 아니, 왜 그런 소리를 하는 거지?

데스데모나 당신이야말로 왜 그렇게 거칠게 말하는 거지요?

오셀로 그걸 잃어버린 것이오? 사라졌소?
말해 보시오. 버린 거요?

데스데모나 아, 어쩌면 좋지요?

오셀로 정말 잃어버린 게 맞단 말이오?

데스데모나 잃어버린 건 아니에요.
만약 그렇다면 어쩌실 거지요?

오셀로 어떻게 잃어버린 거지?

데스데모나 잃어버린 건 아니라니까요.

오셀로 그럼 가져와서 나에게 내보이시오.

데스데모나 가져올 수는 있지만, 지금은 안 돼요.
이건 제 청을 피하려는 속셈인가요?
제발 캐시오 부관님을 다시 받아들이세요.

오셀로 가서 손수건을 가져오시오. 마음이 불편하오.

데스데모나 자, 그 얘기는 그만하시고요.
그분보다 더 훌륭한 사람은 만나지 못할 거예요.

오셀로 아니, 손수건을 가져오시오!

데스데모나 제발, 지금은 캐시오 이야기를 해요.

오셀로 손수건을 가져오라니까!

데스데모나 평생을 두고 자신의 운명을
　　　　당신의 사랑에 기대 당신과 위험을 같이했어요.

오셀로 아니, 손수건!

데스데모나 당신, 정말 너무하네요.

오셀로 젠장! (퇴장)

에밀리아 장군님이 질투가 없다고요?

데스데모나 전에는 이런 모습을 보인 적이 없어.
　　　　분명 그 손수건에 이상한 힘이 있는 게 분명해.
　　　　그걸 잃어버려서 정말 큰일이야.

에밀리아 남자의 본성은 한두 해로 알 수 없어요.
　　　　그들은 진짜를 숨기고 우리 여자들을 음식으로 여겨요.
　　　　그들은 우리를 게걸스럽게 먹지만,
　　　　배가 부르면 뱉어 버리지요.
　　　　저기, 제 남편과 캐시오 님이 오네요.

　　　　(이아고와 캐시오 등장)

이아고 다른 방법이 없어요.
　　　　그 일을 해낼 수 있는 건 부인뿐이에요.
　　　　다행히 저기 계시는군요! 가서 얼른 말하세요.

데스데모나 안녕하세요, 캐시오 부관님.
　　　　어떤 소식이라도 있나요?

캐시오 전에 부인께 청한 일 때문입니다.

부디 제가 다시 장군님의 총애를 받는 부하가

될 수 있도록 부인의 도움을 받을 수 있게 해 주세요.

저는 정말 그분을 존경하고 있습니다.

더는 시간을 끌 수가 없습니다.

제가 저지른 잘못이 너무 치명적이라서

제 과거의 공적이나 현재의 슬픔,

미래에 이룰 공적까지 다 더해도

그분의 사랑을 다시 받을 수 없다면

그 사실을 지금 말씀해 주시는 게 저에게 이득일 겁니다.

그렇다면 저는 억지로라도 저 자신을 만족시키며

다른 운명의 길로 저 자신을 떠나보낼 수 있습니다.

데스데모나 아, 너무 정중하신 캐시오 부관님.

지금은 제 변호가 적절하지 않군요.

장군님은 예전과 너무 다른 모습이에요.

만약 그분의 얼굴이 오늘 기분처럼 변했다면

저는 그분을 알아보지도 못했을 거예요.

모든 신성한 영혼들이여, 도와주소서!

제가 부관님을 위해 최선을 다해 말해 봤지만

그 거침없는 청으로 말미암아 그분은 불편해하셨어요.

조금만 더 기다려 주세요. 제가 할 수 있는

모든 일을 다해서 도와드릴게요.

저를 위한 일보다 최선을 다할게요.

우선 이걸로 만족하셔야 할 거예요.

이아고 장군께서 화나셨나요?

에밀리아 방금까지 이곳에 계셨는데
　　확실하게 무언가 불안해 보이셨어요.
이아고 장군님이 화를 내실 줄도 아시나?
　　그분은 전쟁터에서 대포에 맞아 병사들이 분해되고
　　그분의 형제들이 그분의 바로 옆에서
　　날아가는 것도 보았습니다.
　　그럴 때도 감정의 동요가 없던 분이 화를 내시다니요?
　　그렇다면 분명 다른 일이 있는 것 같습니다.
　　가서 제가 그분을 만나야겠습니다.
　　장군님께서 화가 났다면 분명 무슨 문제가 있습니다.
데스데모나 제발 그렇게 해 주세요.

　　(이아고 퇴장)

데스데모나 분명 베니스에서 들려온 다른 국사가 있거나
　　아니면 아직 드러나지 않았지만 키프로스섬에서
　　발각된 음모가 있어 그분의 정신을 흐려 놓은 게 틀림없어.
　　이럴 때 남자들은 수많은 중요한 일을 처리하면서도
　　사소한 것들에 예민해지는 경향이 있어. 분명 그런 거야.
　　손가락 하나가 아프면,
　　다른 건강한 곳들도 아프게 느껴지는 거야.
　　그래, 우리는 남자들을 신이라고 생각해서도 안 되는 거야.
　　또 그들에게 신혼 시절의 보살핌을 기대해서도 안 돼.
　　에밀리아, 이건 내 잘못이야.

나는 괜찮은 병사도 아니면서

그분의 매정함을 속으로 탓해 버렸어.

하지만 이제 나는 알게 됐어.

그가 부당하게 기만당했다는 걸.

에밀리아 제발 부인의 생각처럼 국정의 문제이고

부인을 향한 다른 오해와 질투심,

의심이 아니길 바랄 뿐이에요.

데스데모나 아니! 나는 그에게 의심받을 행동을 한 적이 없어.

에밀리아 하지만 질투심에 사로잡힌 사람들은

그렇게 생각하지 않아요.

그들은 어떤 이유가 있어서 질투하는 게 아니거든요.

그저 질투심이 많아서 질투하는 거예요.

질투라는 건 스스로 잉태되고

자연히 태어나는 괴물이지요!

데스데모나 그 괴물이 장군의 마음에

들어앉지 않았길 빌어야지.

에밀리아 제발요.

데스데모나 그럼 그분을 찾으러 나서야겠어요.

캐시오, 이 근처를 거닐고 계세요.

그이의 기분이 나아진다면,

다시 부관님 문제를 청하겠어요.

최선을 다해서 노력할게요.

캐시오 진심으로 감사드립니다.

(데스데모나와 에밀리아 퇴장. 비앙카 등장)

비앙카 안녕하세요, 캐시오 님!

캐시오 여기에는 어쩐 일이지?

나의 사랑스러운 비앙카, 별일은 없나?

내 사랑, 나는 지금 당신 집으로 가려던 참이었어.

비앙카 저도 당신의 거처로 가던 길이었어요.

아세요? 벌써 발길을 끊은 지 일주일이나 지났어요.

일곱 낮과 밤이요.

20시간의 여덟 배하고도 여덟 시간이나 지났어요.

연인을 기다리는 시간은 실제 움직이는 시간보다 훨씬
지루하게 지나간답니다.

저는 시간을 더하는 것도 지쳤어요!

캐시오 용서해 줘, 비앙카.

요즘 내 마음에 납덩이가 눌러앉아 있었어.

상황이 조금 달라지면

그동안 가지 못한 날을 한 번에 갚도록 할게.

아름다운 비앙카, 이 손수건 수를 본떠 줘.

(비앙카에게 데스데모나의 손수건을 건넨다.)

비앙카 아니, 캐시오 님. 이 손수건은 어디에서 난 거지요?

새로 생긴 연인에게 받은 정표인가요?

이제 왜 그동안 안 오셨는지 알 것 같아요.

이런 거였군요. 그랬군요, 그래.

캐시오 그런 수준 낮은 추측은 그만두라고!

그런 것들은 당장 원래 있던 악마의 입안으로 던져 버려.

당신은 이게 정부에게서 받은 사랑의 정표라고 여기는군.

질투하는 거야? 절대 아니야, 비앙카.

비앙카 그러면 이건 누구의 손수건이지요?

캐시오 그건 나도 모르겠어. 내 방에서 주웠거든.

나는 그 무늬가 마음에 들어.

그래서 주인이 달라고 하기 전에

본떠 놓으려는 거였어.

가져가서 수를 본떠 줘. 그리고 지금은 혼자 있고 싶어.

비앙카 가라고요? 왜지요?

캐시오 난 여기에서 장군님을 기다리고 있거든.

내가 여자와 있는 걸 그분이 보는 건

지금 상황에서 도움이 되지 않아. 그러고 싶지도 않고.

비앙카 왜지요? 말해 주세요.

캐시오 내가 당신을 사랑하지 않아서가 아니야.

비앙카 아니에요. 절 사랑하지 않기 때문이에요.

그럼 조금만 바래다주세요.

그리고 오늘 밤에는 저를 찾아오겠다고 해 주세요.

캐시오 바래다줄 수 있는 건 조금뿐이야.

여기서 기다려야 하거든. 하지만 곧 만나러 갈게.

비앙카 좋아요. 사정이 있다면 어쩔 수 없지요.

(모두 퇴장)

The Tragedy of
Othello

1장

(오셀로와 이아고 등장)

이아고 어떻게 생각하시지요?

오셀로 어떻게 생각하냐니?

이아고 몰래 키스 나누는 걸 어떻게 생각하시지요?

오셀로 그야 물론, 용납할 수 없는 키스지.

이아고 그렇다면 남자 친구와 벌거벗고 한 시간 이상
　　　　침대에 누워 있는 건 어떻게 생각하시지요?

오셀로 침대에 벌거벗고 누워 있으면서
　　　　불순한 의도는 없다고?
　　　　그건 악마조차 속이려는 거야.
　　　　다른 의도 없이 그런 짓을 한다는 건
　　　　악마를 속이고 기만하는 것이며,
　　　　하느님이 그들을 시험하는 거겠지.

이아고 그들이 아무 짓도 하지 않는다면
　　　　용서받을 수 있는 실수겠지요.
　　　　하지만 제가 제 아내에게 손수건을 주었다면…….

오셀로 그렇다면 어떻다는 거지?

이아고 그러면 그건 제 아내의 것이지요, 장군님.
　　　　그러니 제 아내가 그 누구에게 줄 수도 있다고 생각합니다.

오셀로 그렇다면 그녀는 자신의 정조도
　　　　아무에게나 줄 수 있다고 생각하는가?

이아고　정조라는 건 눈에 보이지 않습니다.

　　　여자들은 그걸 가진 적이 없으면서도 가진 척하고요.

　　　하지만 그 손수건은······.

오셀로　그만. 난 그 손수건을 잊어버리려고 했어!

　　　전염병을 앓고 있는 집 위에서 까마귀가

　　　불길한 뜻을 품고 우는 것처럼 그 생각이

　　　머리에서 떠나질 않아! 자네가 말했잖아.

　　　그놈에게 내 손수건이 있다고.

이아고　그렇습니다. 그게 어떻다는 거지요?

오셀로　그러면 안 되는 거지.

이아고　뭐 어떻다는 거지요?

　　　세상에는 여인에게 귀찮게 추근대서

　　　여인을 차지하는 자도 있고

　　　혹은 여자가 반해 버려서 자진해 몸을 바치기도 하지요.

　　　그 사실을 말하지 못해 안달하는 자들이 많습니다.

　　　혹여 그자가 장군님께 불의를 저지르는 걸 제가 보았거나

　　　그자가 그렇게 말하는 걸 들었던들 무슨 문제입니까.

오셀로　그놈이 말했다고?

이아고　네, 했습니다. 하지만 장군님, 정확하게 아셔야 해요.

　　　그런 말을 한 적 없다고 시치미 뗄 수도 있다는 걸요.

오셀로　그래, 뭐라고 말했지?

이아고　사실은, 말은 했지만 뭐라고 했는지 모르겠습니다.

오셀로　뭘 말이지?

이아고　잤다고요.

오셀로 내 아내와 말인가?

이아고 같이 누웠는지, 그 위에 올라탔는지는
　　　　마음대로 생각하세요.

오셀로 같이 누웠다고? 위에 올라탔다고?
　　　　사람들은 여자를 모함할 때 올라탔다는 말을 꺼내지.
　　　　젠장! 같이 누웠다니 정말 구역질이 날 지경이군.
　　　　어서 자백을 받아야 해! 손수건에 대한 자백!
　　　　죄를 따져 물어 교수형에 처해야 한다고!
　　　　아니, 먼저 교수형에 처하고 그다음에 자백을 받도록 하지.
　　　　생각만 해도 몸이 떨리는군. 예감이 좋지 않았다면,
　　　　이런 격렬한 감정에 빠지지 않았을 거야.
　　　　내 본성을 이토록 뒤흔들다니!
　　　　젠장! 코와 코, 귀와 귀, 입술과 입술을 마주하다니!
　　　　어떻게 그럴 수가 있단 말이지?
　　　　아, 자백을 받아야 해! 손수건! 악마 같은 놈! (쓰러진다.)

이아고 내 독약이여, 효력을 발휘해라!
　　　　이렇게 멍청하게 사람을 믿는 자들은 덫에 걸리고
　　　　순수하고 훌륭한 부인은 죄도 없이 비난받는 거지.
　　　　(오셀로에게) 장군님! 어떤 일이십니까!
　　　　장군님, 오셀로 장군님!

　　　　(캐시오 등장)

이아고 캐시오 부관님 아닙니까?

캐시오 무슨 일이지?

이아고 장군님께서 쓰러지셨습니다.

벌써 두 번째 발작이에요. 어제도 한 번 이러셨거든요.

캐시오 관자놀이 주변을 문지르게나.

이아고 그건 아닌 것 같습니다.

이렇게 정신을 잃으셨을 때는 가만히 두어야 합니다.

그러지 않으면 입에 거품을 물고 점점 심해지거든요.

보십시오. 점점 몸을 움직이시지 않습니까.

잠시 자리를 피해 주시겠어요?

이제 곧 회복하실 거예요. 장군님께서 가시고 나면

부관님과 중대한 일을 의논하고 싶습니다.

(캐시오 퇴장)

이아고 어떠세요, 장군님? 머리를 다치시지 않았습니까?

오셀로 날 놀리는 건가?

이아고 장군님을 놀리다니요? 아닙니다.

장군님께서 사내답게 운명에 맞서시길 바랍니다!

오셀로 이마에 뿔이 솟은 사내는 괴물이고 짐승이지.

이아고 그렇게 말씀하신다면,

도시에는 수많은 짐승이 있는 겁니다.

고상한 척하는 괴물들도 많지요.

오셀로 그래, 그자가 자백했나?

이아고 장군님, 제발 사내처럼 행동하세요.

결혼한 수염 난 사내들이
모두 장군님과 같다고 생각하십시오.
수백만의 사내들은 밤마다
부정한 침대에 몸을 눕히면서도
자신만의 침대라고 생각하지요.
그런 걸 보면 장군님은 다행입니다.
아, 의심 하나 없이 침대 위에서
음탕한 여인과 입을 마주하고
그녀가 정숙한 여인이라고 생각하는 게
지옥의 저주지요.
그건 악마에게 조롱거리가 될 것입니다!
저라면 알아낼 거예요.
제가 어떤 처지인지를 알게 된다면
어떻게 처리하는지도 알게 됩니다.

오셀로 아, 역시 자네는 아주 현명해.

이아고 잠시 저와 거리를 두십시오.
잠깐만 인내심을 가지시길 바랍니다.
조금 전 장군님께서 슬픔에 빠져 정신을 잃었을 때,
장군님과는 전혀 어울리지 않는
그 상태에 있었을 때를 말하는 겁니다.
캐시오가 이 자리에 왔습니다. 저는 그를 돌려보냈고
장군님이 정신을 잃은 이유는 대충 얼버무렸습니다.
잠시 후 다시 이야기하자고 했고, 그자도 수긍했습니다.
장군님께서는 잠깐 몸을 숨기시고

놈의 얼굴 구석에 드러나 있는 조롱과 비웃음,
노골적인 경멸을 보시길 바랍니다.
제가 어디에서, 어떻게, 얼마나 자주, 얼마나 오래전부터
부인을 만났으며, 언제 다시 만나는지 묻겠습니다.
장군께서는 몸을 숨기시고 놈의 몸을 보기만 하십시오.
제발 참으셔야 합니다!
그러지 않으시면, 저는 장군님을 사내답지 못한,
그저 복수심에 불타는 분이라고 생각할 것입니다.

오셀로 내 말을 들게나, 이아고.
자네에게 내 인내심을 보여 주겠네. 하지만 그와 함께
내가 얼마나 잔인한지도 알게 될 거야.

이아고 잘됐네요.
하지만 매사에 참을성을 가지셔야 합니다.
자리를 비켜 주시겠어요?

(오셀로가 물러난다.)

이아고 자, 이제 캐시오에게 비앙카에 대해 물어봐야지.
욕망을 팔아서 먹고 입는 것을 해결하는 여자에 대해서.
그녀는 캐시오에게 완전히 빠져 있다지.
많은 남자를 속이는 일을 하면서도
한 남자에게 속고 마는 게 창녀들의 사나운 운명이지.
그녀 얘기를 듣고 나면, 캐시오는 웃음을 참지 못할 거야.
저기 놈이 오는군.

(캐시오 등장)

이아고 놈이 웃음을 짓는다면, 오셀로는 미쳐 버리겠지.

질투라는 게 뭔지 모르는 그는

아무 의미 없는 캐시오의 웃음과 몸짓,

경망스러운 행동 모두를

완전 다른 의미로 해석하고 말 거야.

(캐시오에게) 기분은 어떠세요, 부관님.

캐시오 자네가 나를 부관이라고 부르니 미치겠군.

그 이름을 잃어 죽을 지경이라네.

이아고 데스데모나 부인에게 말하면

분명 들어주실 거라니까요.

만일 이 일에 비앙카의 힘을 보탠다면

부관님께서는 더 일찍 자리를 차지하실 겁니다.

캐시오 아, 그 불쌍한 것이 무슨.

오셀로 (방백) 저놈은 벌써 웃기 시작하는군.

이아고 난 남자를 그렇게 사랑하는 여자를 본 적이 없습니다.

캐시오 아, 불쌍한 여자! 날 사랑한다는 건 사실 같더군.

오셀로 (방백) 지금 그 일을 부정하면서 웃어 버리는군.

이아고 제 말을 좀 들어 보시겠어요, 부관님?

오셀로 (방백) 이제야 이아고가 그 얘기를

다시 해 달라고 말하려나 보군.

그래, 계속해야지. 잘한다, 잘해.

이아고 그녀가 부관님과 결혼한다고 떠들고 다니더군요.

정말로 그렇게 하실 작정인가요?

캐시오 뭐? 하, 하!

오셀로 (방백) 마치 로마 놈처럼 의기양양하군.

뭐가 그리 당당하지?

캐시오 그 여자와 결혼을? 뭐라고?

창녀와 내가? 부탁인데, 내 판단력을 좀 높게 쳐주게나.

내가 그 정도로 엉망은 아니라네. 하, 하, 하!

오셀로 (방백) 그래, 그래. 웃는 자가 승리하는 법이지.

이아고 사실은 마을에 소문이 자자하더라고요.

부관님이 그녀와 결혼한다고요.

캐시오 제발, 그런 농담은 재미가 없다네.

이아고 사실이 아니라면 제가 나쁜 놈입니다.

오셀로 (방백) 그래, 나를 능멸하니 기분이 좋더냐?

캐시오 그 여자 혼자 떠드는 말일세.

그래, 원숭이가 하는 헛소리야.

그녀 혼자 나를 사랑해 버려서

내가 자기와 결혼할 거라 확신하는 거라네.

나는 그런 약속을 한 적이 없어.

오셀로 (방백) 이아고가 내게 손짓하는 걸 보니,

이제 그 이야기를 하나 보군.

캐시오 그녀는 방금도 이 자리에 왔다네.

내가 가는 곳이라면 어디든 따라다니네.

전에도 해안가에서 베니스 사람들과

이야기를 나누고 있는데,

거기까지도 그 싸구려 여자가 찾아와서는
내 목에 매달리더군.

오셀로 (방백) "내 사랑 캐시오!"라고 했다는 거군.
저놈 몸은 그걸 말하고 있어.

캐시오 그렇게 내 몸에 매달려 축 늘어져서는,
울고불고하더군.
나를 당겼다가 끌어안질 않던가. 하, 하, 하!

오셀로 (방백) 지금 저놈은 그녀가 어떻게 자기를
침실로 끌어들였는지 말하고 있어.
내 눈에 네놈의 코는 보이지만
그걸 찢어서 던져 줄 개는 보이지 않는구나.

캐시오 이제 그녀와는 인연을 끊어야겠네.

이아고 아이코, 저기 그녀가 오고 있군요.

(비앙카 등장)

캐시오 정말 족제비 같은 년이야!
심지어 향수 냄새를 풍기는 족제비야.
어떤 생각으로 날 쫓아다니는 거지?

비앙카 악마와 악마의 어미나 당신을 쫓으라고 해요!
방금 내게 준 그 손수건은 뭐지요?
그걸 기어이 받아 들다니, 나도 참 한심하지.
나보고 그 수를 본떠 달라고요?
그걸 발견한 건 당신 방인데

누가 가져다 둔 건지 모르겠다고요?

이건 분명히 어떤 여우 같은 여자가 준 게 분명한데,

그걸 나더러 본뜨라고요?

여기, 이걸 다시 받아요.

당신이 이걸 어디에서 구했는지 몰라도

당신의 헤픈 여자에게 돌려줘요.

어디서 난 손수건인지는 모르겠지만, 난 본뜨지 않겠어요.

캐시오 사랑하는 비앙카, 왜 그래? 도대체 왜 그러는 거야?

오셀로 (방백) 오, 맙소사. 저건 내 손수건이 틀림없어!

비앙카 오늘 밤 식사하러 오셔도 좋아요.

하지만 안 오실 거면, 다음에는 준비가 될 때 오세요. (퇴장)

이아고 어서 따라가요, 어서요.

캐시오 그래야겠어. 안 그러면 온 길바닥에서

내 악담을 할 게 뻔해.

이아고 그곳에서 식사하실 건가요?

캐시오 응, 그럴 생각이야.

이아고 제가 부관님을 뵈러 갈 수도 있습니다.

부관님과 의논하고 싶은 일이 있거든요.

캐시오 그래, 오게나.

이아고 어서 따라가세요. 그만 말씀하시고요.

(캐시오 퇴장)

오셀로 (앞으로 나오며) 내가 저놈을

어떻게 죽여야 하지, 이아고?

이아고   자기가 저지른 나쁜 짓은 생각도 않고
        웃는 걸 보셨습니까?

오셀로   아, 이아고!

이아고   그리고 그 손수건도 보셨지요?

오셀로   그래, 내 손수건이었나?

이아고   맹세컨대 분명 장군님의 것이었습니다.
        그런 작자가 부인을 얼마나 천대했는지 보셨나요?
        부인께 받은 그 손수건을 창녀에게 주었습니다.

오셀로   아아, 그놈을 9년 동안 끌고 다니면서
        천천히 죽이고 싶구나.
        내 여자는 멋지고 아름답고 사랑스러웠는데!

이아고   아닙니다. 이제는 잊으셔야 합니다.

오셀로   그래, 맞아. 그년은 오늘 밤 썩어서
        지옥에 떨어지게 만들어야 해.
        살려 둘 생각이 전혀 없다고!
        아, 이제 내 심장은 돌로 변해 버렸어.
        그걸 내리쳐 봤자 이제는 내 손만 아플 거야.
        그렇지만 이 세상에 그녀보다 더
        사랑스러운 여자는 없다고!
        황제의 옆에 누워 황제를 쥐락펴락할 여인이거늘.

이아고   아니, 그 방향으로 가시면 안 됩니다.

오셀로   그래, 그년의 목을 매달아야 해.
        나는 그저 사실 그대로를 말할 뿐이야.

그녀는 바느질 솜씨도 좋고 노래도 잘 부른다고!

아, 그녀의 노래는 난폭한 곰도 유순하게 만들 정도라고.

게다가 얼마나 지혜롭고 상상력이 뛰어난지 몰라.

이아고 그래서 부인이 더 나쁜 겁니다.

오셀로 그렇지. 수천 배, 수만 배는 더 나쁘지.

그렇지만 그녀는 집안도 괜찮아.

이아고 과하게 상냥해서 탈이지요.

오셀로 맞아, 그게 맞는 말이야.

너무 불쌍한 일이야, 이아고. 너무 안쓰러워!

이아고 부인의 잘못에 그렇게 넓은 아량을 베풀 거라면

그냥 이대로 내버려 두세요.

장군님이 괜찮으시다면 다른 이도 상관이 없겠지요.

오셀로 내가 그년을 아주 갈기갈기 찢어 버릴 거야.

감히 바람을 피우다니!

이아고 아, 정말 추잡한 일이지요.

오셀로 심지어 내 부관과 말이지!

이아고 그래서 더 추잡하다는 거 아닙니까.

오셀로 이아고, 오늘 밤에는 독약을 좀 구해 오게나.

나는 그년과 말도 섞지 않을 거야.

그녀의 아름다움에 내 마음의 결정이

흔들릴지도 모르니까.

오늘 밤이야, 이아고.

이아고 독약은 사용하지 마시고,

부인이 더럽힌 침대에서 목을 조르세요.

오셀로 좋아, 좋은 생각이야!

　　죄를 묻기에 그만한 게 없겠군. 아주 좋아!

이아고 캐시오를 처치하는 건 제가 하겠습니다.

　　자정까지 좋은 소식을 전해 드리겠습니다.

오셀로 아주 훌륭해! (나팔 소리가 들린다.)

　　저 나팔 소리는 뭐지?

이아고 베니스에서 온 소식 같습니다.

　　(로도비코, 데스데모나, 수행원들 등장)

이아고 로도비코 님이셨군요. 공작님께서 보내셨나요?

　　부인도 함께 있네요.

로도비코 안녕하셨어요, 장군님.

오셀로 어서 오십시오.

로도비코 공작님과 베니스 의원들께서

　　장군께 안부를 전하셨습니다. (편지를 건넨다.)

오셀로 그분들의 뜻이 담긴 이 편지를 받겠습니다.

　　(편지를 읽는다.)

데스데모나 로도비코 오라버니, 무슨 소식이지요?

이아고 만나 뵙게 되어 영광입니다, 나리.

　　키프로스에 오신 걸 환영합니다.

로도비코 고맙소. 캐시오 부관은 잘 계시나요?

이아고 네, 살아 계십니다.

데스데모나 오라버니, 그분과 장군 사이에서

안 좋은 일이 생겼어요.

오라버니께서 두 분을 다시 사이좋게 해 주시리라 믿어요.

오셀로 그걸 확신한다고?

데스데모나 네, 장군?

오셀로 (편지를 보며 읽는다.)

"이 일을 당연히 시행하리라 믿고……."

로도비코 장군이 너에게 말한 게 아니야.

편지를 읽고 계시지.

장군과 캐시오 사이에 뭔 일이 있었다고?

데스데모나 네, 너무 불행한 일이지요.

두 분을 화해시키고 싶어요.

저는 캐시오 부관님을 무척 아끼거든요.

오셀로 이런, 염병할!

데스데모나 네, 장군?

오셀로 이게 제정신이야?

데스데모나 어머, 그이가 화난 것 같아요.

로도비코 아마 편지 때문에 마음이 상한 걸 거야.

총독직을 캐시오에게 넘기고

본국으로 복귀하라는 명령일 거야.

데스데모나 그건 정말 기쁜 소식이네요.

오셀로 그렇겠지!

데스데모나 네, 장군?

오셀로 당신이 미친 걸 보니 기쁘군.

데스데모나 왜 그러세요. 무슨 일이지요?

오셀로 악마 같은 년! (데스데모나를 때린다.)

데스데모나 전 이런 일을 당할 짓을 하지 않았어요.

로도비코 장군, 이 일은 제가 목격했다고

　　　베니스 사람들에게 맹세하며 말해도,

　　　아무도 믿지 않을 겁니다.

　　　부인을 달래 주시지요. 울고 있습니다.

오셀로 오, 악마다. 악마 같은 년이야!

　　　만약 땅이 여자의 눈물로 자식을 갖게 된다면,

　　　저년이 흘리는 눈물방울은 전부 악어가 될 것이오.

　　　당장 내 눈앞에서 꺼져!

데스데모나 당신의 기분이 상하셨다면

　　　이곳에 있지 않겠어요.

로도비코 아니, 저렇게 순종적일 수가.

　　　어서 부인을 다시 부르세요.

오셀로 부인!

데스데모나 네, 장군?

오셀로 이 여자에게 볼일이 있나요?

로도비코 누구 말입니까? 저요?

오셀로 그렇습니다. 그녀를 부르라고 하지 않으셨습니까?

　　　그녀는 돌고 돌아 또 돌아올 수 있고 울고 또 울 여자지요.

　　　게다가 말씀대로 순종적입니다. 지나치게요!

　　　계속 울어 보시오. 아, 이렇게 감정을 잘도 꾸미다니!

　　　이 편지 내용을 알려 드리자면,

　　　저는 본국으로 귀환 명령을 받았습니다.

명령받은 대로 본국으로 갈 것입니다.
어서 꺼지래도!

(데스데모나 퇴장)

오셀로 캐시오에게 이곳 총독 자리를 넘기겠소.
오늘 저와 저녁을 함께하시지요.
키프로스에 오신 걸 환영합니다. 음탕한 자식들! (퇴장)
로도비코 지금 내 눈앞에 있던 자가,
의원들이 입을 모아 자랑하던 그 무어인이란 말이냐.
고결하고 자격이 있다고 들었는데.
어떤 것으로도 감정을 흔들 수 없다고 들었고
어떤 사건으로도, 어떤 우발적인 화살이나 탄환, 창으로도
상처를 입히거나 찌를 수도 없다던 그자라고?
이아고 장군은 많이 변하셨습니다.
로도비코 정신은? 그러니까 내 말은
머리가 이상해지신 게 아니냔 말이오.
이아고 지금 모습 그대로입니다.
그렇지만 장군님이 어떠하다고
제가 감히 비난할 수는 없지요.
그분이 예전과 다른 모습이라면,
그저 예전의 모습으로 돌아가길 바랄 뿐입니다.
로도비코 아니! 부인을 때리다니요!
이아고 그건 정말 옳은 행동이 아니었습니다.

그 이상의 일이 생기지 않길 바랄 뿐이지요.

로도비코 이런 일이 자주 일어나나?

아니면 잠깐 편지 때문에 감정이 상해서

처음으로 이러신 건가?

이아고 아, 아. 정말이지 슬픈 일입니다!

제가 보고 들은 모든 일을 그대로 전하는 것은

절대 명예로운 일이 아닐 겁니다.

나리가 장군님을 잘 관찰하시지요.

그러면 그분의 행동을 통해 알아차릴 수 있을 겁니다.

굳이 제가 말하지 않아도 말이지요.

그분 뒤를 따라가서 어떻게 행동하는지 보시지요.

로도비코 내가 사람을 잘못 봤다니, 분통이 터지는군.

(모두 퇴장)

2장

(오셀로와 에밀리아 등장)

오셀로 정말 아무것도 못 봤다고?

에밀리아 네, 저는 들은 적도, 의심한 적도 없습니다.

오셀로 그렇지만 내 아내가 캐시오와 있는 걸
　　　본 적은 있다는 거지?

에밀리아 네, 하지만 그때 잘못된 일을
　　　발견한 적은 없습니다.
　　　저는 두 분 사이에서 오가는 말을 전부 들었습니다.

오셀로 뭐라고? 그 둘이 속삭인 적이 없다고?

에밀리아 네, 절대요.

오셀로 그럼 너를 밖으로 내보낸 적은?

에밀리아 그런 적도 없습니다.

오셀로 부채나 장갑, 그 무엇이든 가져오라고
　　　내보낸 적도 없다고?

에밀리아 네, 절대 없습니다.

오셀로 그것참, 이상하군.

에밀리아 장군님, 마님께서 정숙한 여인이라는 건
　　　제 영혼을 걸고 맹세합니다.
　　　만약 장군님이 그렇게 생각하지 않는다면
　　　그 생각은 틀리셨습니다.
　　　잘못된 생각은 장군님의 가슴만 아프게 하는 일이랍니다.

혹시라도 어떤 못된 자가 장군님의 머리에
그 생각을 넣은 거라면
하늘이여, 그자에게 저주를 내려 주소서!
만약 부인께서 정숙하지도, 순결하지도,
진실하지도 않다면
이 세상에 행복한 남자는 한 명도 없을 겁니다.
그들 아내 중 가장 순결하다고 하는 여자도
불결한 아내일 거니까요.

오셀로 그녀에게 이리 오라고 전하게.

(에밀리아 퇴장)

오셀로 말은 그럴싸하군.
하지만 저 여자는 그냥 멍청한 뚜쟁이지.
사실대로 보여 줄 리 없어. 그년은 간사한 창녀라고.
사악한 비밀을 옷장에 숨기고는 무릎 꿇고 기도할 거야.
나는 그런 짓을 하는 걸 본 적이 있어.

(데스데모나와 에밀리아 등장)

데스데모나 장군, 어떤 일이시지요?
오셀로 오, 어서 오게나.
데스데모나 왜 그러시지요?
오셀로 당신 눈 좀 봅시다. 나를 좀 보세요.

데스데모나 지금 어떤 끔찍한 상상을 하시는 건가요?

오셀로 (에밀리아에게) 당신은 원래 하던 일을 하게나.

　　연인끼리 사랑을 나눌 수 있게 문을 닫아 주란 말이야.

　　누가 오면 기침하거나 소리를 내라고.

　　재미를 봐야 하지 않겠나. 어서 사라져!

　　(에밀리아 퇴장)

데스데모나 제가 이렇게 무릎 꿇고 말할게요.

　　지금 무슨 소릴 하는 거지요?

　　당신 말 속에 분노가 담겨 있다는 걸 알겠어요.

　　무슨 말인지 도대체 모르겠다고요.

오셀로 아, 당신은 어떤 사람이지?

데스데모나 당신 아내지요. 장군의 진실하고 정숙한 아내요.

오셀로 그럼 그렇게 맹세하고 지옥으로 떨어지시오.

　　천사처럼 생긴 얼굴 때문에 악마조차도

　　잡아가기 어렵겠군.

　　그러니 그 죄로, 곱절의 저주를 받으시오.

　　어디 다시 정숙하다는 맹세를 해 보시게.

데스데모나 분명 하늘도 알고 있어요.

오셀로 하늘도 알고 있지. 당신이 악마처럼 부정하다는 걸.

데스데모나 누구랑요? 부정하다니요?

　　제가 어떻게 누구와 부정을 저질렀다는 거지요?

오셀로 아, 데스데모나! 나가시오. 가란 말이야.

데스데모나 아, 정말 괴로운 날이네요.

당신은 왜 눈물을 흘리는 거지요? 저 때문인가요?

혹시라도 제 아버지가 힘써서 당신을 소환했다고 해도

저를 탓하지는 마세요.

당신이 그분을 잃으셨다면, 저도 아버지를 잃은 거예요.

오셀로 만약 하늘의 신이 나에게 고통을 시험했다 하더라도,

내 무방비한 머리 위로

다양한 슬픔과 아픔을 내리셨다고 해도,

설사 나를 지독한 가난에 빠지게 하더라도,

나와 내 영혼의 희망을 꽁꽁 가두었다고 해도,

내 영혼 속에서 한 방울의 인내심은 찾아냈을 것이오.

하지만 슬프군.

세상이 나를 비웃는 시간을 아주 길게 만들었어.

고정된 표적이 되어 버렸다니!

그것 역시 나는 잘 참을 수 있지. 아주 잘.

하지만 내 마음을 잘 간직해 둔 곳, 내 마음을 바친 곳,

내가 거기서 살거나 죽어야 하는 그곳,

내 생명의 물줄기가 흐르는 곳이자 마르는 곳,

그곳에서 버림받다니!

그곳을 흉측한 두꺼비들이 엉겨 붙어 알을 까는

웅덩이로 만들다니!

장밋빛 입술을 가진 어린 천사여, 내 인내심이여.

그곳에서 얼굴을 돌리지 마라.

그래, 그곳에서 지옥의 얼굴을 해라!

데스데모나 당신이 나의 정숙을 믿어 주길 바랄 뿐이에요.

오셀로 그렇지. 도살장에서 알을 까자마자

또 알을 깔 준비를 하는 여름 파리처럼.

아, 잡초여. 왜 이리 아름다운 건가.

달콤한 향기를 풍기는 바람에

내 모든 감각이 마비되는구나.

차라리 이 세상에 태어나지 말았어야 해.

데스데모나 아, 저도 모르는 죄를 제가 지은 건가요?

오셀로 이 아름다운 종이, 이 멋진 책이

'창녀'라고 적기 위해 만들어졌는가?

무슨 죄를 지었느냐니! 무슨 죄냐고?

이런 천하의 매춘부 같으니라고!

네가 저지른 잘못을 이야기하면

내 뺨은 뜨거운 용광로가 되고

그 부끄러움은 태워 재로 만들어야 할 것이오.

무슨 죄냐고? 하늘은 네 잘못에 코를 막고

달은 눈을 감아 버리지. 만나는 것들에게 입을 맞추는

바람둥이 바람조차도 깊은 동굴 속에 숨어서

그 이야기를 들으려고 안 할 것이오.

무슨 죄냐? 뻔뻔한 매춘부 년!

데스데모나 지금 잘못은 당신이 제게 하는 거예요.

오셀로 그건 당신이 매춘부가 아니란 말이오?

데스데모나 아니라고요. 저는 기독교인이랍니다.

매춘부가 하는 일이 남편을 위해 더럽고

부정한 손으로부터

이 몸을 지키는 게 아니라면,

절대 전 매춘부가 아니에요.

오셀로 뭐라! 매춘부가 아니다?

데스데모나 아니에요. 전 천국에 갈 사람이에요.

오셀로 그럴 수 있다고?

데스데모나 오, 신이시여. 도와주소서.

오셀로 그렇다면 내가 당신에게 용서를 받아야겠군.

난 당신을 오셀로와 결혼한

베니스의 간사한 창녀로 착각했군.

(에밀리아를 부른다.)

이봐, 성 베드로와는 상관없는 일을 하면서

지옥문을 지키는 아줌마!

당신, 그래 당신! 너, 말이야, 너!

우리 볼일은 다 끝났네. 이건 수고비야.

비밀의 자물쇠를 잠그고 우리 만남은 비밀로 하게나.

(퇴장)

에밀리아 이런, 오셀로 님이 도대체

무슨 생각을 하시는 거지요?

부인, 괜찮으세요? 부인, 괜찮으시냐고요!

데스데모나 마치 꿈꾸는 것만 같아.

에밀리아 부인, 주인 나리에게 무슨 일이 생긴 거지요?

데스데모나 누구?

에밀리아 주인 나리 말이에요.

데스데모나 누가 너의 주인 나리란 말이지?

에밀리아 부인의 남편 말이에요. 착하신 부인.

데스데모나 나에게는 남편이 없어.

난 울 수도 없고 대답할 수도 없어.

그저 눈물로만 답할 수 있어. 제발 오늘 밤 내 침대에는
결혼식 때 쓴 시트로 깔아 주는 걸 잊지 마.

그리고 당신 남편을 좀 불러 줘.

에밀리아 정말 많이 변하셨어! (퇴장)

데스데모나 내가 이런 취급을 받는 건 당연한 일이야.

도대체 내가 어떻게 처신했기에 그분이 나의 작은 실수를
저렇게 하나하나 따지고 의심하는 걸까.

(에밀리아, 이아고 등장)

이아고 무슨 일이지요, 부인? 어떤 일이십니까?

데스데모나 말을 할 수가 없네요.

어린아이들을 가르치는 사람들은
부드러운 방법으로 쉬운 일부터 가르치기 마련이지요.

난 정말이지 지금껏 꾸중 들은 적이 없어요.

그래서 그분이 나를 꾸짖은 걸지도 몰라요.

이아고 무슨 일이시지요, 부인?

에밀리아 아아, 여보. 장군님이 부인을 창녀 취급했어요.

진실한 사람은 참을 수 없는 그런 모욕과 심한 말을

부인에게 퍼부었어요.

데스데모나 내가 그렇게 불릴 사람인가요, 이아고?

이아고 어떻게 불리는 걸 말하는 거지요?

데스데모나 에밀리아가 말한 그 이름이요.

　　　　장군이 날 그렇게 불렀다던.

에밀리아 장군님이 부인께 창녀라고 말했어요.

　　　　술에 취한 거지도 자기 부인에게

　　　　그런 욕을 할 수는 없을 거예요.

이아고 장군께서 왜 그러셨을까요?

데스데모나 모르겠어요. 하지만 확실한 건

　　　　난 그런 여자가 아니란 거예요.

이아고 아, 울지 마세요. 울지 마세요, 부인. 이걸 어쩌지요?

에밀리아 부인이 그런 소리를 들으려고 그 고귀한 가문들의

　　　　청혼 자리를 등지고, 아버지와 조국,

　　　　친구를 버리신 건가요?

　　　　어떻게 울지 않을 수가 있겠어요?

데스데모나 이건 나의 불행한 운명이야.

이아고 아니, 도대체 장군께서는 어쩌다 그렇게 되신 거지요?

데스데모나 나는 정말 모르겠어요.

에밀리아 어떤 철저하게 나쁜 악당 녀석이

　　　　사람 사이를 이간질하는 거야.

　　　　간사하게 사람을 홀리는 사기꾼이 한자리를 얻으려고

　　　　이런 중상모략을 꾸며 낸 게 틀림없어요.

　　　　그게 아니라면 목을 매겠어요.

이아고 아니, 그런 놈이 어디 있어! 그건 불가능하다고.

데스데모나 오, 하늘이여. 그런 사람이 있다면
그 사람을 용서해 주세요.

에밀리아 목매는 밧줄로 매달아서 용서해 주세요.
지옥이 그놈의 뼈를 다 갈아 먹기를!
왜 부인을 창녀라고 부를까요?
도대체 누구랑 만난다는 거지요?
언제, 어디서, 어떻게, 어떤 방법으로요?
장군께서는 어떤 지독한 놈에게 속고 있는 거예요.
야비하고 상스럽고 간사한 놈에게 당한 거예요.
아, 신이시여. 그놈의 정체를 밝혀내고
정직한 사람의 손에 채찍을 들려
벌거벗은 그자가 동쪽에서 서쪽 끝까지 걷는 동안
매질당하게 해 주세요.

이아고 에밀리아, 목소리를 낮춰.

에밀리아 아, 빌어먹을 놈! 당신의 정신을 흔들어서
당신이 나와 장군의 사이를 의심하게 만드는 놈도
그런 놈 중 하나일 거예요.

이아고 바보 같으니라고. 그만해.

데스데모나 아, 착한 이아고.
남편의 마음을 다시 얻기 위해서 어떻게 해야 하지요?
친구 분은 그에게 가 보세요. 저 해를 걸고 맹세하는데
내가 어떻게 그분을 잃었는지 모르겠어요.
이렇게 무릎 꿇고 맹세해요.

내가 상상이나 행동으로 그분의 사랑을
한 번이라도 배신하거나,
혹은 내 눈, 내 귀나 다른 감각이
그의 것이 아닌 다른 사람의 것으로
쾌감을 느끼고 즐거워한 적이 있다면,
지금 그이를 사랑하지 않거나
과거에 그를 사랑한 적이 없었다면,
그분이 나를 버리고 내가 거지가 된다고 하더라도
앞으로 내가 그분을 진심으로 사랑하지 않는다면
내 모든 안락이 떠나가도 좋아요.
그이의 매정함으로 받는 고통으로
내 생명이 사라질 수도 있지만,
내 사랑만큼은 사라지지 않아요.
나는 창녀라는 말을 입에 담을 수도 없어요.
지금 그 이름을 입에 담은 것만으로도 너무 끔찍해요.
세상에 있는 모든 귀한 걸 다 내게 준다고 해도
그 이름으로 불릴 행동은 절대 하지 않을 거예요.

이아고 진정하세요, 부인. 그저 잠깐의 기분일 뿐이에요.
본국의 결정에 기분이 상하셔서
부인에게 화풀이하신 걸 거예요.

데스데모나 그뿐이라면야…….

이아고 분명 그 문제일 겁니다. 제가 보장하지요.
들어 보세요. 저녁을 알리는 나팔 소리입니다.
베니스에서 온 손님들이 식사를 기다리고 있습니다.

들어가세요. 그리고 울지 마시길.
모든 일이 다 잘될 겁니다.

(데스데모나와 에밀리아 퇴장. 로더리고 등장)

이아고 로더리고 나리, 어쩐 일이시지요?

로더리고 자네는 지금 날 제대로 대하고 있지 않아.

이아고 그게 무슨 소리십니까?

로더리고 자네는 늘 이런저런 이유로 나를 따돌리고 있어.
그뿐만이 아니라네.
내 소망을 이룰 기회를 만들어 주기보다는
오히려 내게서 그 기회를 빼앗아 가고 있는 것 같아.
이제는 정말 참을 수가 없다네.
또 지금까지 당한 일을 가만히 덮어 둘 수도 없어.

이아고 제발, 제 말을 들어 보세요.

로더리고 쳇, 지금까지도 자네 말은 듣고 있었어.
너무 많이 들은 것 같군.
자네는 말과 행동이 다른 사람인데 말이야.

이아고 나리의 근거 없는 비난은 정말 참을 수가 없군요.

로더리고 아니, 나는 사실을 말했을 뿐이네.
이젠 남아 있는 돈도 없어.
데스데모나에게 전해 주겠다고 내게서 가져간
보석 정도라면,
수녀들도 반쯤 타락하고도 남았을 걸세.

자네는 나에게 데스데모나가 그 보석을 받았다고 했고
그녀가 나를 존경하고 곧 가깝게 지낼 거라고
기대하게 했지.
하지만 결국 나에게 돌아온 건 아무것도 없네.

이아고 알았어요. 좀 진정하세요.

로더리고 진정하라고? 아니, 이아고.
나는 진정할 수 없고 그만할 수도 없네.
게다가 좋지도 않아. 내가 이제 점점 깨닫고 있는 걸세.
당신은 너무 비열한 짓을 하고 있고
나는 계속 당하기만 하고 있어.

이아고 알았어요.

로더리고 이게 전부는 아니야.
내가 직접 데스데모나를 만나야겠어.
만약 그녀가 내게서 받은 보석을 다 돌려준다면
난 그동안의 행동을 반성하고 이제 그만할 거야.
하지만 그녀가 나에게 보석을 돌려주지 않는다면,
자네에게 그 책임을 물을 거야.

이아고 이제야 속을 내보이시는군요.

로더리고 그래, 나는 그렇게 하겠다고 말하는 거야.

이아고 이제 나리도 상황을 좀 파악하고 있군요.
이제라도 나리를 높게 평가해야겠습니다.
자, 악수합시다.
나리가 저에게 악감정을 갖고 있다는 건 이해합니다.
하지만 저는 맹세코 일을 허투루 하지 않았습니다.

로더리고 그래 보이지는 않았네.

이아고 그렇게 보이지 않았다는 건 인정합니다.
그렇지만 나리의 의심이 당연한 건 아닙니다.
로더리고 나리, 만약 나리에게 결의와 용기, 용맹함이
있다면
그걸 오늘 밤에 보여 주시지요.
전 나리가 그런 것들을 갖고 있다는 걸
이제야 알게 되었거든요.
그리고 만약 내일 밤 나리가
데스데모나와 함께 즐기지 못한다면
그 죄를 물어 이 세상에서 저를 없애셔도 좋습니다.

로더리고 그래, 자네가 말하는 일이
이치에 맞고 내가 할 수 있는 일인가?

이아고 베니스에서 명령이 떨어졌습니다.
캐시오에게 오셀로의 자리를 넘기라는 명이지요.

로더리고 그게 사실인가?
그렇다면 데스데모나와 오셀로는 베니스로 돌아가겠군.

이아고 아닙니다, 나리.
그는 아름다운 데스데모나와 함께
모리타니(아프리카 서북부에 있는 공화국)로
가게 될 겁니다. 만약 어떤 사건이 생겨
그를 이곳에 머무르게 만들지 않는다면요.
그렇게 하는 방법은 캐시오를 제거하는 일뿐입니다.

로더리고 그를 제거하다니? 무슨 말이지?

이아고 그자가 오셀로의 일을 대신할 수 없게,
　　　그자의 머리를 깨부수는 일이지요.
로더리고 나보고 그 일을 하라는 건가?
이아고 그렇습니다. 당신의 이익과 권익을 위해서
　　　그렇게 하실 수 있다면 말입니다.
　　　캐시오는 오늘 밤 창녀의 집에서 식사할 예정이고
　　　저도 캐시오를 만나러 그 자리에 갈 것입니다.
　　　그자는 아직도 자신의 영예로운
　　　행운을 알지 못하고 있습니다.
　　　제가 밤 12시에서 1시 사이에 그를 불러낼 것입니다.
　　　만약 나리가 그곳에서 기다리면 그를 해치울 수 있습니다.
　　　저도 근처에 있다가 나리를 돕겠습니다.
　　　그자는 우리 둘이면 충분하지요.
　　　자, 그렇게 놀란 표정 짓지 말고 이제 같이 가시지요.
　　　제가 말씀드리면 나리는 그자를
　　　왜 죽여야 하는지 알게 될 것입니다.
　　　밤이 깊어 이제 그가 식사할 시간이 됐습니다.
　　　어서 계획을 시작합시다.
로더리고 이유를 더 들어야겠어.
이아고 네, 충분히 설명해 드리겠습니다.

　　(모두 퇴장)

3장

(오셀로, 로도비코, 데스데모나, 에밀리아, 수행원들 등장)

로도비코 장군, 이제 신경 쓰지 말고 들어가세요.
오셀로 아, 괜찮습니다. 걷는 건 건강에도 좋습니다.
로도비코 데스데모나, 잘 자. 환대해 줘서 고마웠다.
데스데모나 오라버니가 와 주셔서 정말 기뻐요.
오셀로 로도비코 님, 같이 걸을까요? 아, 데스데모나!
데스데모나 네, 장군.
오셀로 바로 잠자리에 드시오. 나는 곧 돌아오겠소.
　　　시녀도 내보내시오. 꼭 그리하시오.
데스데모나 네, 그럴게요.

(오셀로, 로도비코, 시종들 퇴장)

에밀리아 이건 무슨 일이지요?
　　　장군님이 전보다 부드러워지셨어요.
데스데모나 장군은 곧 돌아오신다고 했어.
　　　나더러 먼저 잠자리에 들라고 하셨고
　　　자네도 내보내라고 하셨지.
에밀리아 저를 내보내라고요?
데스데모나 이건 그분의 명령이야.
　　　그러니 에밀리아, 내 잠옷을 꺼내 주고 가 봐.

더는 그이의 기분을 상하게 만들어선 안 돼.

에밀리아 부인께서 장군님을 만나지 않았다면 좋았을걸.

데스데모나 아니야. 나는 그분을 너무 깊이 사랑해.

내 머리핀 좀 빼 주겠어?

그분이 무뚝뚝하게 굴고 나를 크게 꾸중해도

그런 모습 전부가 매력으로 느껴질 뿐이야.

에밀리아 말씀하신 시트를 깔아 두었어요.

데스데모나 이불이란 다 똑같은데 말이야.

정말이지 사람이란 왜 이토록 어리석은지.

만약 내가 자네보다 먼저 죽는다면

제발 그 이불로 내 시체를 감싸 줘.

에밀리아 무슨 그런 말씀을 하시나요.

데스데모나 내 어머니께는 바바라라는 이름의 하녀가 있었어.

그녀가 사랑에 빠졌는데, 사랑한 남자는 미쳐서

그녀를 버리고 말았어.

바바라는 〈버들가지〉라는 노래를 알고 있었어.

오래된 노래이긴 했지만,

그 노래는 그녀의 운명을 잘 표현한 노래였어.

바바라는 그 노래를 부르면서 죽어 갔지.

오늘 밤, 이상하게 그 노래가 마음에서 떠나지 않아.

오늘은 나도 불쌍한 바바라처럼 머리를 한쪽으로 숙이고

그 노래를 부르고 싶어. 그만 방에서 나가 줘.

에밀리아 잠옷을 가져올까요?

데스데모나 아니, 여기 머리핀만 빼 줘.

로도비코 오라버니는 정말 멋진 분이야.

에밀리아 맞아요. 아주 훌륭하시지요.

데스데모나 말도 어찌나 잘하시는지.

에밀리아 베니스에서는 그분 아랫입술에
　　　　　입을 맞추기 위해서라면
　　　　　팔레스타인까지 맨발로 걷겠다는 여자가 있었어요.

데스데모나 (노래한다.)
　　　　　불쌍한 처녀는 무화과나무 옆에서 한숨짓고 앉아 있네.
　　　　　오로지 푸른 버들가지를 노래한다네.
　　　　　손은 가슴에 얹고 머리를 무릎에 묻은 채
　　　　　불러라, 불러. 버들, 버들, 노래를 부르네.
　　　　　맑은 시냇물이 그녀의 옆을 흐르며
　　　　　그녀에게 슬픔을 속삭이네.
　　　　　불러라, 불러. 버들, 버들, 노래를 부르네.
　　　　　그녀의 서글픈 눈물이 떨어지면서 바위를 녹였네.
　　　　　불러라, 불러. 버들, 버들, 노래를 부르네.
　　　　　(에밀리아에게) 이것들을 치워 줘.
　　　　　불러라, 불러. 버들, 버들, 노래를 부르네.
　　　　　(에밀리아에게) 제발, 서둘러 줘. 곧 장군이 오실 거야.
　　　　　불러라, 불러. 푸른 버들이 내 머리의 화관이 된다네.
　　　　　누구도 그를 탓하지 말아요. 난 그의 책망을 이해해요.
　　　　　(말한다.) 아니, 그다음 가사는 이게 아닌데.
　　　　　잠깐, 쉿! 누가 문을 두드리는 거지?

에밀리아 바람 소리예요.

데스데모나 (노래한다.)

내 사랑을 거짓이라고 불렀더니, 그는 뭐라고 했던가?

불러라, 불러. 버들, 버들, 노래를 부르네.

내가 다른 여자에게 구애한다면

그대는 다른 남자와 사랑을 나누겠지.

(말한다.) 이제 가 봐. 잘 자. 눈이 가려워.

눈물 흘릴 일이 생기려는 걸까.

에밀리아 그런 일은 안 생길 거예요.

데스데모나 나는 사람들이 이렇게 말하는 걸 들었어.

아, 남자들, 남자들이라! 말해 봐, 에밀리아.

정말 그런 짓을 하면서 남편을 욕되게 하는

여자들이 있다고 생각해?

에밀리아 물론 그런 여자들도 있지요.

데스데모나 자네라면, 만약 온 세상을 다 준다면

그런 짓을 할 거야?

에밀리아 어머, 부인은 안 하시겠어요?

작은 죄의 보상으로는 아주 크잖아요.

데스데모나 자네가 정말 그렇게 할 거라고는 생각하지 않아.

에밀리아 전 그렇게 할 거예요.

그런 짓을 한 다음에 없었던 일로 치면 되는 거예요.

하지만 정말 싸구려 반지 한 개를 얻기 위해서라면

그런 짓은 하지 않을 거예요.

고작 비단 몇 필과 겉옷이나 속옷, 모자 같은

사소한 것들을 준다면 하지 않겠지요.

하지만 온 세상이라니요.
그러면 남편을 군주로 만들 수도 있는데
누가 마다하겠어요?
온 세상을 얻는 일이라면
연옥(죽어서 천국에 가기 전 죄를 씻기 위해 불로 단련받는 곳)
에라도 갈 거랍니다.

데스데모나 온 세상을 다 준다고 그런 짓을 하게 된다면
저에게 저주를 내리소서.

에밀리아 나쁜 짓이라고 해 봤자,
결국 세상 안에서의 나쁜 짓이에요.
그 대가로 세상 전부를 갖게 된다면
부인이 지배하는 세상에서의 나쁜 짓이잖아요.
그러니 얼른 바로잡을 수 있어요.

데스데모나 나는 그런 여자들이 있다고 생각하지 않아.

에밀리아 아니에요. 있어요. 게다가 많아요.
그들이 부정을 저질러서 낳은 자식들로
세상을 다 채울 정도로요.
하지만 아내가 잘못한다면,
그건 남편의 잘못이라고 생각해요.
남편이 자신의 의무를 소홀히 하고
아내에게 줘야 할 보물을 다른 여인의 무릎에 쏟아붓거나
엉뚱한 질투심으로 여자를 구속한 탓이에요.
아니면 아내를 때린다거나 전과 다르게
야박하게 군 탓이지요.

아시잖아요. 여자들에게도 성질이라는 게 있어요.
여자들은 상냥하지만,
복수심이라는 게 기도 해요. 남편들도 자기 아내들이
자기네들과 같은 감정이 있다는 걸 알아야 해요.
남편들에게도 있듯, 아내들에게도 시각과 후각이 있어요.
달콤하고 신 것을 구분할 수 있는 미각이 있고요.
남편들이 아내를 두고 다른 여자를 택하는 건
왜 그럴까요?
그저 재미 삼아 그러는 걸까요? 그럴 수 있겠지요.
욕정 때문일까요? 그럴 수 있겠지요.
그럼 나약해서 실수를 저지르나요?
그렇기도 하겠지요. 그럼 우리는 남편들처럼 욕정도 없고
재미를 바라지도 않고, 나약하지도 않은 건가요?
그러니까 남편이 우리에게 잘해야 해요. 그렇지 않으면
그들의 못된 행동을 우리가 학습한다는 것을 알아야지요.

데스데모나 가서 얼른 자, 어서.

하늘이시여, 나쁜 것에서 나쁜 것을 배우지 않고
그것을 보고 고칠 수 있는 지혜를 주소서.

(모두 퇴장)

The Tragedy of
Othello

1장

(이아고와 로더리고 등장)

이아고 이 쌓인 물건 뒤에 숨어 계세요. 금방 올 거예요.
　　　　칼을 빼고, 그냥 확 찔러 버리세요.
　　　　어서, 어서요. 겁내지 말아요. 제가 주변에 있겠어요.
　　　　이 일을 통해 우리가
　　　　성공하느냐, 실패하느냐가 결정된답니다.
　　　　이 점을 생각해서 마음 단단히 잡으세요.
로더리고 가까이에 있게나. 내가 실수할지도 모르니까.
이아고 여기 바로 곁에 있을게요.
　　　　그러니 용기 내서 칼을 드세요. (물러선다.)
로더리고 이 일이 내키지는 않지만,
　　　　이아고가 한 말은 일리가 있어.
　　　　고작 사람 하나가 사라지는 거라고.
　　　　나와라, 칼! 놈은 이제 끝장이야!
이아고 이제 막 생겨난 부스럼을 문지르니
　　　　화가 나는 모양이군.
　　　　이제 *그가* 캐시오를 죽이든, 캐시오가 그를 죽이든,
　　　　아니면 서로서로 죽이든 뭐가 됐던 내게는 이득이지.
　　　　로더리고가 살아남으면,
　　　　데스데모나에게 보내는 줄 알았던 선물을
　　　　나에게 돌려 달라고 성화겠지. 그건 안 될 일이야.

만약 캐시오가 살아남는다면,
그자는 계속해서 스스로 아름다움을 드러내
날 추악하게 만들 거야. 그리고 무어 놈이 내가 한 말을
그에게 할지도 몰라. 그러면 난 위험해질 거야.
안 돼. 그자는 죽어야 해. 놈이 오는 소리가 들리는군.

(캐시오 등장)

로더리고 내가 놈의 걸음걸이를 알지.
그놈이 분명해. 죽어라! (캐시오를 찌른다.)
캐시오 하마터면 네놈의 공격에 죽을 뻔했구나.
하지만 내 외투는 네 생각보다 더 튼튼하다고.
어디 네놈의 외투는
어떤지 볼까? (로더리고에게 상처를 입힌다.)
로더리고 아이고, 죽겠네!

(이아고가 뒤에서 캐시오의 다리를 찌르고 퇴장)

캐시오 이제 나는 영원히 장애를 갖겠군.
이건 살인이야, 살인! 어서 불을 밝혀라.

(오셀로 등장)

오셀로 캐시오의 목소리군. 이아고가 약속을 지킨 거야.

로더리고 아, 내가 나쁜 놈이지.

오셀로 물론이지.

캐시오 사람 살려! 횃불을 밝혀라. 의사를 불러 다오!

오셀로 그놈이 맞군. 오, 용감한 이아고. 정의롭고 충직해.
　　　내가 당한 모욕을 이렇게 대신 갚아 주다니!
　　　나에게 본보기를 보여 주는구나!
　　　음탕한 년! 이제 네 애인은 죽었다.
　　　네년에게 죽음이 곧 찾아갈 거야. 창녀야, 기다려라!
　　　이미 내 가슴에서 너의 매력적인 눈은 지워졌다.
　　　욕정으로 더러워진 네 침대를
　　　그 피로 물들게 하겠다. (퇴장)

(로도비코와 그라시아노 등장)

캐시오 이보시오! 야경꾼도 없나? 행인도? 살인이오, 살인!

그라시아노 뭔가 불행한 일이 생긴 것 같군.
　　　목소리가 긴박해.

캐시오 오, 살려 주시오!

로도비코 가만히 들어 보시오!

로더리고 아, 지독한 악당이 되어 버렸어!

로도비코 두세 사람이 신음하는 것 같군요.
　　　음산한 밤입니다.
　　　우리를 끌어들이려는 소리일지도 모릅니다.
　　　우리끼리 저곳으로 가는 건 위험할지도 몰라요.

로더리고 아무도 오지 않는 건가?

그렇다면 난 이렇게 피 흘리다 죽는 수밖에.

(이아고가 횃불을 들고 등장)

로도비코 들어 봐요!

그라시아노 횃불과 무기를 든 누군가가 이리로 오는군.

이아고 거기 누구요? 살인이라고 외친 자가 누구요?

로도비코 우리는 모르오.

이아고 비명을 듣지 못했습니까?

캐시오 여기요, 여기! 얼른 와서 살려 주시오!

이아고 무슨 일이오?

그라시아노 이제 보니 당신은 오셀로 장군의 기수로군.

로도비코 그렇군요. 아주 용감한 사람이지.

이아고 아니, 어쩌다 그렇게

비명을 지르며 계시지요? 누구요?

캐시오 이아고, 자넨가? 오, 난 악당에게 당했다네.

어서 날 도와주게나.

이아고 아니, 부관님!

어떤 작자들이 이런 일을 벌인 겁니까?

캐시오 놈들 중 한 명이 이 근처에 있을 걸세.

달아날 수 없었을 거야.

이아고 비열한 악당 녀석들!

거기 계신 당신들은 누구신지? 와서 좀 도와주시오.

로더리고 아, 여기 날 좀 살려 주시오!

캐시오 놈들 중 한 명이라네.

이아고 이런 살인자! 악당 녀석! (로더리고를 찌른다.)

로더리고 오, 저주받을 이아고!

　　　　이런 비열한 개 같은 놈아! (기절한다.)

이아고 어둠 속에서 사람을 죽이다니!

　　　　이런 죽어 마땅한 살인마들은 어디 있느냐?

　　　　이 도시는 어찌 이리 조용한 거야!

　　　　이보시오, 살인이오, 살인!

　　　　(로도비코와 그라시아노가 앞으로 나온다.)

이아고 당신들은 누구지? 선한 자요, 악한 자요?

로도비코 우리가 누군지 알게 되면 놀랄 걸세.

이아고 로도비코 나리 아닙니까?

로도비코 그렇다네.

이아고 용서해 주십시오. 그리고 여기 좀 도와주세요.

　　　　캐시오 부관님이 괴한들에게 당했습니다.

그라시아노 캐시오?

이아고 어떠신가요, 부관님?

캐시오 다리가 부러졌다네.

이아고 저런, 맙소사! 여기 횃불을 좀 들어 주십시오.

　　　　제 옷으로 부관님 상처를 동여매겠습니다.

(비앙카 등장)

비앙카 무슨 일이지요? 소리친 사람이 누구지요?

이아고 소리친 사람이 누구냐고?

비앙카 오, 내 사랑 캐시오 님.

내 애인, 캐시오 님.

이아고 오, 그 유명한 창녀군! 부관님, 말해 보세요.

부관님을 이렇게 만든 자들이 누군지 아시겠습니까?

캐시오 아니, 전혀 모르겠군.

그라시아노 자네를 찾고 있었는데,

이런 일이 생겨서 유감이오.

이아고 다리를 고정할 수 있는 밴드를 좀 빌려주시오!

아! 부관님을 옮기기 쉽도록 의자가 있으면……

아, 부관님을 이곳에서 모셔 갈 수 있으면 좋을 텐데!

비앙카 어머 어쩌지요.

캐시오 님이 정신을 잃으십니다! 캐시오 님!

이아고 저는 이 매춘부가

이 일과 상관있다는 생각이 듭니다.

조금만 참으세요, 캐시오 님. 잠시 햇불을 빌려주세요.

이자의 얼굴을 아는 사람이 있나요?

아니, 이 사람, 이 사람은

나와 친한 고향 친구 로더리고가 아닌가!

아니야, 맞네. 틀림없어. 아, 하느님. 로더리고!

그라시아노 뭐라고? 베니스의 로더리고?

이아고 그렇습니다. 이분을 아십니까?

그라시아노 알고말고.

이아고 그라시아노 님이시군요. 용서해 주십시오.
피로 얼룩진 상황으로 말미암아 나리를 몰라뵙고
예의를 갖추지 못했습니다.

그라시아노 자넬 만나서 반갑네.

이아고 좀 어떠시나요, 캐시오 님.
그래, 들것, 들것을 가져오게!

그라시아노 로더리고!

이아고 네, 그렇습니다. 그 사람입니다.

(들것이 온다.)

이아고 오, 잘됐군. 이리 가져오시오.
몇 분은 이분을 조심히 옮겨가 주시지요.
저는 장군님의 의사를 모셔오겠습니다.
(비앙카에게) 자네는 쓸데없는 짓 그만하고.
(캐시오에게) 캐시오 부관님, 여기 죽어 누워 있는 자는
제 친구였습니다.
두 사람 사이에 무슨 일이 있습니까?

캐시오 전혀 없다네. 나는 그자를 알지도 못해.

이아고 (비앙카에게) 아니, 얼굴이 창백하군.
부관님을 안으로 모시지요.

(캐시오와 로더리고가 들것에 실려 나간다.)

이아고 잠깐 기다리세요, 여러분.
얼굴이 너무 창백하네요, 아가씨!
다들 이 여자의 겁에 질린 눈동자가 보이시나요?
아니, 그렇게 노려보아도 소용없다. 곧 자백할 거니까.
이 여자를 잘 보십시오. 아시나요, 나리님들?
혀를 움직이지 않아도,
죄는 스스로 모습을 드러내기 마련입니다.

(에밀리아 등장)

에밀리아 아니, 어쩐 일이지요? 무슨 일이에요, 여보?
이아고 캐시오 부관님은 이 캄캄한 어둠 속에서
로더리고와 다른 패거리들에게 당했어.
부관님은 중상을 입었고, 로더리고는 죽어 버렸어.
에밀리아 이런, 그 착한 분에게 그런 일이!
이아고 이게 다 계집질한 덕분이지 뭐.
에밀리아, 가서 부관님이 어디에서
저녁을 먹었는지 알아봐.
(비앙카에게) 아니, 왜 이 말에 몸을 떠는 거지?
비앙카 우리 집에서 식사하셨어요. 저는 떨고 있지 않아요.
이아고 아, 그랬단 말이지? 그럼 나와 함께 가야겠군.
에밀리아 이런, 빌어먹을 창녀 같으니!

비앙카 나는 창녀가 아니에요. 나를 욕하는 당신처럼
　　　정직한 삶을 살고 있다고요.

에밀리아 나처럼이라고? 이 더럽고 추한 게!

이아고 여러분, 이제 안쓰러운 캐시오 님을 뵈러 갑시다.
　　　자, 아가씨. 당신은 나와 다른 이야기를 하게 될 거야.
　　　에밀리아, 당신은 성으로 가서
　　　장군님과 부인께 무슨 일이 일어났는지 말해.
　　　그럼 가실까요, 여러분?
　　　(방백) 오늘 밤은 내가 완전히 성공하느냐,
　　　아니면 아예 망해 버리느냐 둘 중 하나겠군.

　　　(모두 퇴장)

2장

(오셀로가 촛불을 들고 등장. 데스데모나는 침대 위에 잠들어 있다.)

오셀로 그것 때문이야, 바로 그것.
내 영혼아, 순결하게 빛나는 별들아.
그것을 너희에게 말하지는 않겠다.
그것 때문이다. 그녀의 피는 보지 않을 것이다.
눈보다 희고 대리석보다 부드러운 그녀의 피부에
상처를 입히지는 않을 것이다.
그렇지만 그녀는 죽어야 한다.
그녀가 죽지 않는다면, 더 많은 남자를
배신하게 될 것이다.
이 불은 그만 꺼 버리자. 그다음 그녀의 불도 꺼 버리자.
혹시라도 내가 후회한다면, 내 그대의 불을 끄고 나서
너의 빛을 되살릴 수 있다. 하지만 오묘한 자연이 만든
훌륭한, 그대라는 작품이여. 내 그대를 꺼 버리면,
너를 되살릴 수 있는 프로메테우스(로마 신화에 나오는, 신
의 불을 훔쳐 인간에게 나눠 준 영웅)의 불이
어디에 있는지 나는 모른다.
내가 그대라는 장미를 꺾어 버리면,
나는 두 번 다시 장미에 생명을 불어넣을 수 없으니,
이 장미는 결국 시들 수밖에 없다.

아직은 나무에 달린 그대의 향기를 맡아 보겠다.

(데스데모나에게 키스한다.)

오셀로 아, 이 향기로운 숨결. 정의의 여신마저도
그녀의 칼을 꺾을 것이다!
한 번만 더, 한 번만 더 그대에게 키스하겠다.
죽은 다음에도 이렇게 있길. 나는 그대를 죽인 뒤
그대를 사랑하리라. 마지막이다, 한 번 더.
이토록 달콤한 것들은 왜 그토록 치명적인가.
눈물을 흘릴 수밖에 없구나. 이 눈물은 잔인하구나.
이 슬픔은 천상의 것이고,
하늘은 나를 사랑하기에 벌을 주는 것이다.
이제 잠에서 깨어나는군.

데스데모나 누구지요? 오셀로 장군인가요?

오셀로 그렇소, 데스데모나.

데스데모나 이제 주무시겠어요, 장군?

오셀로 오늘 밤에도 기도했소?

데스데모나 물론이지요.

오셀로 여전히 하늘에 용서를 구해야 하는 죄가 있다면
지금 바로 기도해서 용서를 받으시오.

데스데모나 아니, 여보. 도대체 그게 무슨 말이에요?

오셀로 글쎄, 어서 그렇게 하래도.
짧게 하시오. 나는 걷겠소.

준비 없는 당신의 영혼을 죽이고 싶지 않으니까.

아니, 그렇게는 안 되지! 당신의 영혼까지 죽이진 않겠소.

데스데모나 죽이겠다고요?

오셀로 그렇소.

데스데모나 그렇다면, 하느님.

저에게 자비를 베풀어 주소서!

오셀로 나도 진심으로 빌겠소. 아멘.

데스데모나 그렇게 말씀하시는 건,

절 죽이지 않겠다는 말이군요.

오셀로 흠!

데스데모나 그렇지만 저는 당신이 두려워요.

당신이 그렇게 눈을 돌리는 건 무언가

마음먹고 끔찍한 일을 하실 때거든요.

왜 겁먹어야 하는지 이유를 모르겠어요.

저는 죄를 지은 적이 없어요. 그렇지만 무서워요.

오셀로 당신의 죄를 생각해 봐.

데스데모나 저에게 죄가 있다면,

당신을 사랑한 죄밖에 없어요.

오셀로 그렇다면 그 죄 때문에 죽는 거야.

데스데모나 사랑 때문에 죽인다는 건 말이 안 돼요.

아, 왜 그렇게 아랫입술을 깨물고 있는 거지요?

잔인한 격정이 당신의 몸을 흔들고 있군요.

이건 당신이 어떤 행동을 할지 알려 주는 거예요.

하지만 그게 저를 향한 건 아니길 바라요.

오셀로 쉿! 조용히 해.

데스데모나 그래요, 알겠어요.

그런데 어떤 일로 그러시지요?

오셀로 내가 당신을 그토록 사랑해서 준 손수건을

캐시오에게 주다니.

데스데모나 제 목숨과 영혼을 걸고 답하겠어요.

절대 아니에요. 그분을 불러서 말해 주세요.

오셀로 이봐, 말조심해. 넌 이제 죽을 목숨이야.

데스데모나 알겠어요. 하지만 아직은 아니잖아요.

오셀로 곧 죽을 거야.

그러니 솔직하게 당신의 죄를 털어놔.

모든 죄를 부인하더라도 날 괴롭히고 있는 확신을

없애거나 막을 수는 없을 거야. 그러니 당신은 죽어야 해.

데스데모나 그렇다면 하느님. 저에게 자비를 베푸소서!

오셀로 아멘.

데스데모나 당신도 저에게 자비를 베풀어야 해요.

전 맹세코 당신을 욕보인 적이 없어요.

절대 캐시오를 사랑한 적이 없고 그에게

손수건이라는 정표를 건넨 적도 없어요.

그저 하느님이 허락하시는, 모든 이에게 허락하시는

그런 애정만 주었어요.

오셀로 맹세컨대, 내 손수건이

그자 손에 있는 걸 직접 봤단 말이야!

아, 가증스럽군. 내 심장을 돌처럼 만들고 있구나.

결국 내가 행하려는 일을 살인으로 만들다니.

나는 그것을 희생이라고 생각했는데 말이야.

난 그 손수건을 직접 봤어.

데스데모나 그건 그저 우연히 주운 걸 거예요.

전 그에게 제 손수건을 준 적이 없어요.

그를 이리로 부르세요. 진실을 말하게 하세요.

오셀로 이미 그는 고백했어.

데스데모나 고백이라뇨, 뭘요?

오셀로 네년의 몸과 놀아났다는 고백이지.

데스데모나 부정하게요? 그랬다고요?

오셀로 그래.

데스데모나 그런 말을 했을 리가 없어요.

오셀로 아니, 못하지. 그의 입은 닫혀 버렸거든.

내 충직한 이아고가 그를 처리했으니까.

데스데모나 어쩐지 불길했어요.

그럼 그분은 죽었나요?

오셀로 그놈의 머리카락 한 올마다 생명이 있다 해도

내 복수심을 채울 수는 없었을 거야.

데스데모나 아, 슬프게도 그는 음모에 빠졌고

나는 이렇게 끝나는구나.

오셀로 이런 창녀 같은 년!

감히 내 앞에서 그놈 때문에 울어?

데스데모나 저를 죽이지 마세요! 저를 추방해 버려요.

오셀로 아니, 그런 저항은 통하지 않아.

데스데모나 내일 절 죽이세요.

　　오늘 밤은 이렇게 살려 주세요.

오셀로 만약, 네가 저항한다면.

데스데모나 그럼 30분만 시간을 주세요!

오셀로 아니, 이미 늦었어. 더는 늦출 수 없어.

데스데모나 그럼 기도할 시간만이라도 주세요.

오셀로 너무 늦었어.

데스데모나 오, 주님, 주님, 주님!

　　(오셀로가 데스데모나의 목을 조른다.)

에밀리아 (밖에서) 장군님, 장군님! 이것 보세요!

오셀로 누구 목소리지? 아직 죽지 않았나?

　　완전히 죽지 않은 거야?

　　난 잔인하다고 해도 아직 자비라는 게 남아 있지.

　　당신의 고통이 길지 않도록 해 주겠어.

　　이렇게, 이렇게!

에밀리아 (밖에서) 여기요! 장군님, 장군님!

오셀로 거기 누구냐?

에밀리아 (밖에서) 아, 장군님.

　　장군님께 드릴 말씀이 있어요.

오셀로 에밀리아군. 곧 나가겠다.

　　캐시오의 죽음을 알리러 온 모양이군.

　　꽤 큰 소리가 났을 거야. 이제는 안 움직이는군.

마치 무덤처럼 조용하군. 에밀리아를 불러도 될까?
팬찮을까? 그녀가 다시 움직이는군.
아니야, 저 여자가 들어오면 내 아내에게 말을 걸 거야.
내 아내! 내 아내! 내 아내? 이제 나에게는 아내가 없어.
아, 견딜 수가 없구나! 너무 괴로워!
거대한 일식이 일어나 두려움에 빠진 지구가
입을 크게 벌려 이런 일을 맞이하는 것 같구나.

에밀리아 (밖에서) 어서요!
드릴 말씀이 있어요. 문을 열어 주세요!
오셀로 아, 잊고 있었군. 아, 들어와, 에밀리아.
천천히 기다려라. 우선 커튼을 쳐야지.
어디에 있느냐. 이 시간에 무슨 일이야? (문을 연다.)

(에밀리아 등장)

에밀리아 아, 장군님. 지금 저쪽에서
끔찍한 살인 사건이 일어났어요!
오셀로 뭐? 지금?
에밀리아 방금 전에요, 장군님.
오셀로 달의 실수 때문이다.
달이 평소보다 가까이 지구에 다가와서
사람들이 돌아 버린 거야.
에밀리아 장군님, 캐시오 님이
로더리고라는 베니스 사람을 죽였습니다.

오셀로 로더리고가 살해당했다고?

그리고 캐시오도 죽었다고?

에밀리아 캐시오 부관님은 죽지 않았습니다.

오셀로 캐시오가 죽지 않다니! 그렇다면 살인에 실패했군.

달콤한 복수는 물 건너간 거야.

데스데모나 아, 억울하게, 이렇게 억울하게 죽다니!

에밀리아 장군님, 방금 저건 무슨 소리지요?

오셀로 저거? 무얼 말하는 거냐?

에밀리아 어머나! 저건 부인의 목소리야. (커튼을 젖힌다.)

사람 살려! 사람 살려요! 여기 좀 도와주세요!

아, 부인. 다시 말해 보세요.

상냥하신 데스데모나 부인, 말해 보세요!

데스데모나 난 죄 없이 죽는구나.

에밀리아 아, 도대체 누가 이런 짓을 한 거지요?

데스데모나 아무도, 그 누구도 아닌 나 스스로 한 짓이야.

안녕. 자상한 내 남편에게 안부 전해 줘.

안녕. (숨을 거둔다.)

오셀로 그녀가 누구에게 살해당했다고 하던가?

에밀리아 그걸 누가 알겠어요?

오셀로 자네도 들었잖은가. 내가 하지 않았다고.

에밀리아 그렇게 말씀하셨지요. 전 사실을 알려야겠어요.

오셀로 저 여자는 지옥 불에 떨어지면서도

거짓을 지껄이는군. 그녀를 죽인 건 바로 나야.

에밀리아 아, 그렇다면 부인께서는 더더욱 천사시군요.

그리고 장군님은 사악한 악마고요!

오셀로 그녀는 부정한 짓을 저질렀어. 창녀였다고!

에밀리아 부인을 그렇게 몰아세우시다니,

정말 당신은 악마네요!

오셀로 그 여자는 물처럼 가벼웠어.

에밀리아 부인을 그렇게 말하는 당신은 불처럼 사납군요.

부인은 정말 정숙하신 분이셨어요.

오셀로 캐시오가 그녀 위에 올라탔어!

못 믿겠다면 네 남편에게 물어보라고!

아무런 이유나 증거도 없이 내가 이 일을 저질렀다면,

나는 지옥 바닥으로 떨어지는 저주를 받을 거야.

자네 남편은 모든 걸 알고 있어.

에밀리아 제 남편이요?

오셀로 그래, 네 남편!

에밀리아 부인께서 음탕한 짓을 했다고요?

오셀로 그래, 캐시오 놈과 놀아났다고.

그녀가 정말 정숙했다면, 하늘이 나에게 황옥으로 된

완벽한 세상을 만들어 주더라도

그녀와 바꾸지 않았을 거야.

에밀리아 제 남편이요?

오셀로 그래, 그녀의 부정한 짓을

제일 먼저 알려준 자가 네 남편이었지.

그는 정직했기 때문에

더러운 행위에서 풍기는 악취를 증오했어.

에밀리아 정말 제 남편이요?

오셀로 도대체 왜 그렇게 되묻는 거지? 네 남편이라고.

에밀리아 아, 부인. 악마의 짓이

　　　　　당신 사랑을 욕되게 했군요.

　　　　　제 남편이 부인께서 부정하시다고 말했다는 건가요?

오셀로 그래, 네 남편이라니까. 이제서야 이해가 되나?

　　　　　내 친구이자, 네 남편인 정직한 이아고 말이야.

에밀리아 제 남편이 그렇게 말했다면,

　　　　　그의 지독하게 악랄한 영혼은

　　　　　매일매일 조금씩 썩을 겁니다! 완벽한 거짓말입니다!

　　　　　부인은 이 추악한 결혼을 너무 좋아하셨어요.

오셀로 뭐라고?

에밀리아 어디 하고 싶은 대로 하세요.

　　　　　당신에게는 과분했던 부인이었고,

　　　　　결국 당신이 저지른 죄는 하늘의 용서를 받을 수 없어요.

오셀로 조용히 해! 입 다무는 게 좋을 거다.

에밀리아 내가 느끼는 비통함에 비하면,

　　　　　당신의 위협은 별거 아니에요.

　　　　　아, 멍청한 자 같으니라고! 바보 같은 자!

　　　　　당신은 흙처럼 무식해요. 당신은 기어이 일을 저질렀어요.

(오셀로가 칼로 에밀리아를 위협한다.)

에밀리아 당신의 칼도 두렵지 않아요.

내 목숨을 20번 잃는다고 해도
당신이 저지른 짓은 꼭 알려야겠어요.
사람 살려! 사람 살려! 도와주세요!
무어인이 데스데모나 부인을 죽였어요! 살인이야, 살인!

(몬타노, 그라시아노, 이아고 등장)

몬타노 무슨 일이오? 어찌 된 일입니까, 장군?
에밀리아 이아고 당신도 왔군요. 잘도 하셨더군요.
　　　사람들이 살인을 저지르고는
　　　그 죄를 당신 목에 씌우고 있어요.
그라시아노 무슨 일입니까?
에밀리아 당신이 사내라면,
　　　이 악마의 말이 사실이 아니라고 해 줘요.
　　　당신이 그에게
　　　부인이 정숙하지 못한 여인이라고 했다는군요.
　　　그랬을 리 없잖아요. 당신은 그리 나쁜 사람이 아니라고요.
　　　어서 말해 보세요. 가슴이 답답해 미치겠으니.
이아고 난 내 생각을 장군께 말했을 뿐이야.
　　　장군님이 스스로 사실이라고 생각하는 걸
　　　그대로 말했을 뿐이라고.
에밀리아 그럼 정말로 당신이
　　　데스데모나 부인이 정숙하지 않다고 말했어요?
이아고 그랬지.

에밀리아 거짓말했군요.

당신은 저주받아 마땅할 뻔뻔한 거짓말을 했어!

제 영혼을 걸고 말할게요. 이건 아주 사악한 거짓말이에요!

부인께서 캐시오와 바람이 났다! 캐시오하고요?

이아고 그래, 캐시오하고 바람이 났지. 젠장, 입을 다물라고.

에밀리아 아니, 입을 닫지 않을 거예요. 할 말은 하겠어요.

여기 이 침대에서 부인이 살해당했어요.

모두 오, 하느님 맙소사!

에밀리아 당신은 말로 살인을 부추긴 거야.

오셀로 아니, 여러분. 그리 놀란 눈으로 날 보지는 마시오.

전부 다 사실이오.

그라시아노 정말 끔찍한 일이군.

몬타노 이런 악랄한 짓을 하다니.

에밀리아 이렇게 사악한 짓을, 추악한 짓을 하다니!

이제야 생각이 나는군. 그때도 그런 생각을 했어.

아, 슬픔 때문에 죽을 것만 같구나.

오, 너무 끔찍한 일이야. 끔찍해!

이아고 왜 이래? 당신 미친 거야? 당장 집으로 가 버려!

에밀리아 여기 계신 나리님들, 제 말을 들어 보세요.

남편의 말을 따르는 게 도리겠지만, 지금은 아닙니다.

이아고, 나는 아마 평생 집에 안 들어갈지도 몰라요.

오셀로 (침대 위에 쓰러지면서) 오! 오! 오!

에밀리아 그래요, 그곳에 쓰러져 울부짖어 보세요!

이 세상에서 가장 정숙하고 아름다운 여인을

그리 잔인하게 죽이셨으니.

오셀로 (일어나면서) 아니야. 그녀는 부정을 저질렀어.

숙부님, 오셨군요. 몰랐습니다.

저기 조카분이 누워 있습니다.

제가 방금 제 손으로 그녀의 숨통을 끊어 놓았습니다.

이 일이 끔찍하고 잔인하다는 걸 저도 알고 있습니다.

그라시아노 아, 불쌍한 데스데모나!

네 아버지가 돌아가셔서 다행이구나.

너의 결혼은 그분에게 너무 치명적이었지.

그 슬픔이 너무 큰 바람에 그분의 생명 줄도

둘로 끊어졌지.

만약 살아서 이 광경을 보았다면,

그분은 절망에 내몰려, 자신을 지켜 주는

수호신을 배신하는

큰 죄를 지으셨을 거야.

오셀로 정말 애석하게 됐습니다.

하지만 이 일은 이아고가 알고 있습니다.

그녀가 캐시오와 부끄러운 짓을

수천 번도 더 저질렀다는 걸요.

캐시오도 자백했습니다.

그녀는 그와 자신의 사랑의 대가로

제가 처음 그녀에게 주었던 사랑의 정표를 주었습니다.

그게 그놈의 손에 있는 걸 제가 봤습니다.

그건 손수건인데, 제 아버지께서 어머니께 드렸던

아주 오래된 것이지요.

에밀리아 아, 하느님! 오, 맙소사!

이아고 젠장, 입을 다물라니까!

에밀리아 난 다 말할 거야. 하고 말 거예요.
　　　　　 내가 입을 다물 것 같나요? 천만에요.
　　　　　 신과 사람, 악마 전부가 나에게 부끄러움을 알고
　　　　　 입 다물라고 소리친다 해도 다 말하겠어요.

이아고 어서 정신 차리고 집으로 가.

에밀리아 가지 않겠어요.

　　　　 (이아고가 칼을 빼 든다.)

그라시아노 이아고, 무슨 짓인가! 부인에게 칼을 겨누다니.

에밀리아 아, 어리석은 무어인이여!
　　　　　 당신이 말한 그 손수건은 내가 내 남편에게 준 것이에요.
　　　　　 내 남편은 너무 간곡하게,
　　　　　 그런 하찮은 물건에 어울리지 않게
　　　　　 아주 진지하게 간청했어요.
　　　　　 제발 그 손수건을 훔쳐 달라고요.

이아고 이런 못된 년 같으니라고!

에밀리아 부인께서 그 손수건을 캐시오 님께 준 거라고요?
　　　　　 아니에요. 아아, 그건 바로 내가 남편에게 준 거라고요.

이아고 더러운 년! 거짓말 그만해!

에밀리아 하늘에 맹세하겠어요. 절대 거짓이 아닙니다.

오, 멍청한 자. 저런 천치에게
어찌 그런 훌륭한 부인이 반했을까.
대체 무슨 짓을 저지른 건가?

오셀로 하늘에는 벼락에 쓰이는 돌 말고
다른 돌은 없단 말인가? 저런 악랄한 악당!

(오셀로가 이아고를 향해 달려들고, 몬타노가 그의 칼을 빼앗는
다. 이아고는 에밀리아를 칼로 찌른다.)

그라시아노 여자가 쓰러졌다.
그자가 정녕 자신의 아내를 죽이고 마는군.

에밀리아 네, 그렇습니다.
아, 저를 부인의 곁에 눕혀 주세요.

(이아고 퇴장)

그라시아노 놈이 아내를 죽이고 도망갔어.

몬타노 정말 극악무도한 놈이군.
이 칼은 제가 무어인에게 빼앗은 겁니다.
자, 문밖에서 지키고 서 계십시오. 어떤 일이 생기더라도
무어인을 내보내지 마십시오. 죽이는 한이 있더라도요.
전 그 악당을 쫓아가겠습니다.
저주받을 놈!

(몬타노와 그라시아노 퇴장)

오셀로 이제 나에게는 용기마저 없구나.

저런 하찮은 것들에게 내 칼을 빼앗기다니.

명예라는 게 무슨 소용인가. 모두 다 사라져 버리라지.

에밀리아 부인, 그 노래는 무슨 징조였나요.

들어 보세요. 제 말이 들리시나요? 저도 백조처럼

노래하면서 죽겠어요. (노래한다.)

불러라, 불러. 버들, 버들, 노래를 부르네.

무어인, 부인께서는 정숙하셨답니다.

잔인한 당신을 사랑했어요.

이렇게 진실을 말하는 내 영혼을 축복해 주세요.

마음속 진실을 말하면서,

나는 이렇게 죽습니다. 죽어요. (숨을 거둔다.)

오셀로 이 방에는 또 다른 칼이 있지.

얼음처럼 차가운 시냇물로 담금질한 스페인 칼이지.

아, 여기 있구나. 숙부님, 저는 나가야 합니다.

그라시아노 (밖에서) 만약 자네가 나가려 한다면,

그만한 대가를 치러야 하네.

자넨 무기도 없으니, 분명 당하고 말 거야.

오셀로 그럼 들어오셔서 저와 이야기를 나누세요.

안 그러시면 맨몸으로라도 숙부님을 공격하겠습니다.

(그라시아노 등장)

그라시아노 무슨 일이지?

오셀로 여기 제 손에 칼이 한 자루 있습니다. 보십시오.

그 어떤 군인도 이보다 좋은 칼을 차 본 적이 없을 겁니다.

저는 이 짧은 팔과 이 칼만으로 숙부님이 절 막는 것보다

20배나 더 많은 장애물을 뚫은 적이 있습니다.

아, 하지만 전부 부질없는 자랑입니다.

누가 자신의 운명을 조종할 수 있을까요?

이제는 전부 끝난 이야기입니다.

제가 무기를 갖고 있다고 해도 걱정하지 마십시오.

이곳이 제 여행의 끝입니다. 이곳이 제 목적지이고

제 배가 다다른 최후의 종착지입니다.

놀라서 뒷걸음질 치시는 겁니까? 쓸모없는 두려움입니다.

누군가 제 가슴에 갈대만 들이대도

저는 물러서게 되어 있습니다.

저는 이제 어디로 가야 할까요? (침대로 간다.)

당신은 이제 어떤 모습이지? 아, 불운한 여인이여.

그대는 속옷처럼 창백하구나.

우리가 저승의 심판대 위에서 만나면

당신의 창백한 이 모습은 내 영혼을

천국에서 지옥으로 던져 버릴 것이고

그러면 내 영혼은 악마들에게 갈 것이오.

너무 차갑구나, 내 여인아.

아, 저주를 받아 지옥으로 떨어질 놈!

악마들이여, 나에게 채찍질해 이 여인의 모습을

볼 수 없도록 해 다오.

바람으로 날 날려 버리고! 유황불에 태워 버려라!

나를 깊고 깊은 불바다 속으로 던져 버려라!

아, 데스데모나! 숨진 데스데모나! 아, 아, 아!

(로도비코, 몬타노, 포로가 된 이아고를 호송하는 병사, 들것에
실린 캐시오 등장)

로도비코 경솔하게 불행으로 몸을 던진

그자는 어디에 있소?

오셀로 과거에 오셀로라고 불리던 자겠지요.

여기 있습니다.

로도비코 그 독사 같은 놈은 어디에 있지?

그 악당을 끌고 오너라.

오셀로 네놈의 발 한번 보자꾸나.

악마의 발이 어떻게 생겼는지!

옛날이야기대로 네놈이 악마라면,

난 널 죽일 수 없겠지.

(오셀로가 이아고를 찌른다.)

로도비코 그의 칼을 빼앗으시오.

이아고 나리, 피가 흐르지만 죽을 정도는 아닙니다.

오셀로 전혀 아쉽지 않구나. 네놈을 살려 두고 싶구나.

네놈에게는 죽음이 오히려 더 행복할 테니까.

로도비코 아, 오셀로 장군이여. 한때는 훌륭했던 장군이여.

악당의 저주에 빠져 이렇게 끝을 보이시다니.

내 당신에게 무슨 말을 할 수 있겠소?

오셀로 아, 아무 말이라도 괜찮습니다.

그리고 이왕이면 명예로운 살인자라고 해 주십시오.

증오심이 아니라, 명예심으로 저지른 일이었습니다.

로도비코 이 사악한 놈은 자신의 잘못을 일부 자백했소.

장군은 이놈과 함께 캐시오를 죽이려 했습니까?

오셀로 그렇습니다.

캐시오 존경하는 장군님.

저는 장군님께 죽을 짓은 하지 않았습니다.

오셀로 나도 그 말을 믿는다네. 그러니 나를 용서해 주겠나.

부탁하겠네. 왜 저 악마 놈은 내 영혼과 육신을

이런 함정에 빠뜨린 건지 물어봐 주시오.

이아고 나에게 아무것도 묻지 마시오.

당신도 알 만한 걸 이미 알고 있어.

지금부터 나는 절대로 말하지 않을 거요.

로도비코 뭐라고? 기도도 하지 않을 셈이냐?

그라시아노 내 고문으로 네 입을 열게 하겠다.

오셀로 그래, 그게 네놈에게는 최선의 방어겠지.

로도비코 장군, 내가 사건의 전말을 알려드리겠소.

내 생각에는 장군은 아직 알지 못하는 것 같소.

여기 살해당한 로더리고의 주머니에서 나온 편지가 있소.

그리고 여기 또 다른 한 장이 있소.
로더리고가 캐시오를 살인하는 걸 실행한다는 내용이오.

오셀로 오, 저런 악당 놈!

캐시오 정말이지 야비하고 무자비한 놈이군!

로도비코 그리고 여기 또 하나의 편지에는
불평이 담겨 있소.
역시나 그의 주머니에서 발견된 편지입니다.
이 편지는 로더리고가 이 비열한 놈에게
보내려 한 것 같소.
때마침 이아고가 끼어들어 살인했고,
그의 불평도 끝내 버린 것 같소.

오셀로 아, 정말이지 사악한 악당이도다!
캐시오, 자네는 내 아내의 손수건을
어떻게 갖게 되었지?

캐시오 제 방에서 우연히 주웠을 뿐입니다.
그런데 저놈이 말하기를, 자신의 목적을 달성하려고
제 방에 몰래 떨어뜨렸다고 하더군요.

오셀로 아, 바보야, 바보!

캐시오 로더리고의 편지에는 다른 내용도 있었습니다.
이아고는 로더리고를 시켜 순찰하는 저를
도발하게 만들었다고 했습니다. 그 일 때문에 제가
부관직에서 물러나야 했지요. 그리고 조금 전에는
오랜 시간 죽은 것처럼 보였던 로더리고가 깨어나
입을 열었습니다. 이아고가 자신을 칼로 찔렀으며

자기에게 저를 죽이라고 시켰다고 말입니다.

로도비코 장군은 이제 이 방을 떠나 우리와 함께 가야겠소.

장군의 지위와 권한은 박탈당했소.

이제 키프로스섬은 캐시오가 다스릴 것이오.

이 사악한 놈에게는 오랜 시간 많은 고통을 줄 수 있는

잔인하고 교묘한 형이 있다면,

그 벌을 내리도록 할 것이오.

장군은 이제 베니스에 죄를 보고하는 그날까지

감시받는 죄수가 되어 수감될 것이오.

자, 오셀로를 끌고 가게나.

오셀로 잠깐만, 내 가기 전에 한두 마디 할 수 있겠소?

나는 지금까지 베니스를 위해 일했고, 그들도 알고 있다오.

그러니 그 이야기는 그만하겠소. 부탁하건대,

내 불행한 사건을 편지로 보고하실 때

나에게 일어난 일을 그대로 말해 주시오.

죄를 작게 만들지도 말고, 크게 꾸미지도 말아 주시오.

그리고 이렇게도 말해 주시오.

지혜롭게 사랑하지는 못했지만, 많이 사랑한 자라고.

쉽게 질투하지는 않았지만, 한 번 질투에 사로잡혀

극단적으로 혼란에 빠진 것뿐이라고.

순진한 인도 사람처럼 자기 손으로 직접

자기가 가진 전부보다 더 귀중한 진주를 던진 자라고.

어떤 힘든 고난에도 눈물 흘린 일이 적지만,

아라비아고무나무에서 수액이 흘러나오듯

눈물을 흘렸다고. 그렇게 덧붙여 설명해 주시오.
예전에 한번은 알레포(시리아 북부에 있는 곳)에서
터번을 두른 고약한 터키 놈이
베니스인을 때리고 베니스 정부를 욕했을 때,
나는 할례받은 그의 개 멱살을 잡고
이렇게 찔러 죽였다고. (자신을 찌른다.)

로도비코 처참한 끝이로구나!

그라시아노 모든 이야기가 소용없어졌군요.

오셀로 당신을 죽이기 전에 나는 당신에게 입을 맞추었지.
이 길뿐이오. 내 목숨을 끊고 당신에게 키스하며
죽는 일밖에. (침대 위에 쓰러져 죽는다.)

캐시오 훌륭했던 분에게
혹시나 이런 일이 생길까 염려했습니다.
무기가 없다고 생각했는데, 품에 들고 있었다니.

로도비코 (이아고에게) 이런 스파르타의 개 같은 놈!
고통과 굶주림, 아니 성난 파도보다 더 잔인한 놈아!
이 침대에 벌어진 비극을 보아라.
이게 바로 네놈의 짓이렷다!
나는 차마 눈 뜨고 볼 수 없는 비극이도다.
이 모습을 가립시다. (커튼을 친다.)
그라시아노 님, 이 집을 관리하면서
장군의 재산을 압류하시지요.
그의 재산은 이제 당신께 돌아갈 것입니다.
총독께는 이 지독한 악당을 처리하는 일을 맡기지요.

시간과 장소를 정해 알아서 고문을 진행해 주십시오.
저는 배에 올라타 베니스로 돌아가
슬픈 마음으로 이 참혹한 사건을 보고하겠습니다.

(모두 퇴장)

오셀로

The Tragedy of Othello

작품 해설 및 작가 연보

「오셀로(Othello)」 작품 해설

1. 작가의 생애

영국이 낳은 세계적인 시인이자 극작가인 윌리엄 셰익스피어(William Shakespeare, 1564~1616)는 1564년 4월 26일, 잉글랜드 스트랫퍼드 어폰 에이번(Stratford-Upon-Avon)에서 출생했다. 아버지 존 셰익스피어는 부유한 상인이었기에 셰익스피어는 비교적 여유로운 환경에서 성장한다.

그는 성서와 고전을 통해 라틴어를 배우며 초·중등 교육을 받게 된다. 하지만 점점 가세가 기울어지면서 학업을 중단하게 된다. 그는 비록 고등 교육을 받지 못했지만, 문학에 남다른 재능이 있었기에 훗날 작가로서 위대한 명성을 떨치게 된다. 1582년에는 여덟 살 연상녀인 앤 해서웨이와 결혼하고, 1585년에 아들과 쌍둥이 딸을 얻게 된다.

1588년부터 1589년까지 셰익스피어의 작품들이 런던에서 상연되며, 이 무렵 그는 런던에 머물게 된다. 그는 시인이자 극작가, 배우, 극장 주주로서 다방면에서 활동한다.

1590년대의 영국은 엘리자베스 1세(1558~1603)가 통치하던 시기였으며, 문화·예술의 부흥기였다. 이때부터 셰익스피어는 극작가로서 재능을 인정받기 시작한다. 그는 궁내부 장관 극단의 단원이 되어 전속 극작가이자 시인으로 활동하게 된다. 그러다가 1599년에는 궁내부장관 극단의 동료들과 함께 신축한 글로브 극장의 공동 소유주가 된다. 하지만 페스트가 창궐하면서 극장이 폐쇄되고 극단도 개편된다. 1603년, 제임스 1세가 즉위하면서 그의 후원 아래 궁내부장관 극단은 국왕 극단으로 개명되고, 셰익스피어는 그곳에서 조연 배우로 활동하게 된다.

그의 작품들은 창작 시기를 기준으로 크게 4단계로 나눌 수 있다. 1기로 볼 수 있는 1590년대 초반(1590~1594)에는 「헨리 6세(Henry VI)」, 「리처드 3세(Richard III)」 등의 역사극과 「실수 연발(Comedy of Errors)」과 같은 희극을 창작했다. 또한 이 시기에 그는 「비너스와 아도니스(Venus and Adonis)」, 「루크리스의 능욕(The Rape of Lucrece)」이라는 시를 발표하며 시인으로서도 뛰어난 면모를 보인다.

2기로 볼 수 있는 1590년대 중반(1595~1600)에는 「로미오와 줄리엣(Romeo and Juliet)」, 「한여름 밤의 꿈(A Midsummer Night's Dream)」, 「헛소동(Much Ado About Nothing)」, 「뜻대로 하세요(As you like it)」, 「십이야(Twelfth Night)」 등과 같이 사랑을 소재로 한 로맨스극을 창작한다. 하지만 셰익스피어가 가장 주목을 받았던 것은 비극을 쓰기 시작한 1600년대부터였다.

3기로 볼 수 있는 1600년대 초반(1601~1607)은 그의 작품성이 절정에 이른 시기였다. 희극 「윈저의 즐거운 아낙네들(The Merry Wives of Windsor)」을 비롯해 「트로일러스와 크레시다(Troilus and Cressida)」, 「끝이 좋으면 다 좋아(All's Well That Ends Well)」, 「자에는 자로(Measure for Measure)」와 같이 희

극과 비극적 요소가 혼재된 작품들과 「줄리어스 시저(Julius Caesar)」, 「안토니와 클레오파트라(Antony and Cleopatra)」 등과 같은 비극을 주로 창작했다. 그러다가 1606년 이후부터 그의 필생의 역작인 4대 비극, 「햄릿(Hamlet)」, 「오셀로(Othello)」, 「리어왕(King Lear)」, 「맥베스(Macbeth)」가 탄생한다.

마지막 4기로 볼 수 있는 1608년 이후(1608~1613)에는 「심벨린(Cymbeline)」, 「겨울 이야기(The Winter's Tale)」, 「태풍(The Tempest)」과 같이 희극과 비극적 요소가 혼재된 희비극을 창작하며 인생에 대해 심도 있게 고찰했다.

이렇듯 수많은 작품을 창작한 셰익스피어는 1613년까지 총 38편의 작품을 발표한 뒤 1616년 4월 23일, 53세를 일기로 생을 마감했다. 그의 작품은 생전에 19편 정도 출간되었고, 그의 사후인 1623년에 글로브 극장 시절의 동료들이 편집해서 모은 극작품들이 2절판 작품집(folio)으로 출간되었다. 현전하는 셰익스피어의 작품은 희곡 38편, 소네트(sonnet, 14행시) 154편과 더불어 장시 2편이 있다.

앞서 생각뿔에서 출간된 「햄릿」, 「리어왕」에 이어 셰익스피어의 4대 비극 중 하나인 「오셀로」에 대해 살펴보기로 하자.

2. 작품 내용 살펴보기

이 작품은 사랑과 질투에 눈먼 장군 오셀로가 이아고라는 신하의 간계에 속아 사랑하는 아내의 정절을 의심한 나머지 그녀와 자기 자신을 파멸에 이르게 하는 비극이다. 작품 내용은 다음과 같다.

　베니스 의회의 의원 브라밴쇼의 딸 데스데모나는 아버지의 반대에도 오셀로를 사랑하게 되어 그와 결혼한다. 무어인 오셀로는 전쟁에서 큰 공을 세워 장군으로 임명된다. 결혼 후 그는 터키 함대가 키프로스섬(사이프러스섬)으로 진격하고 있다는 보고를 받고 참전하기 위해 키프로스섬으로 떠난다.

　　오셀로 아내의 정절에 제 목숨을 걸겠습니다!
　　　정직한 이아고, 집사람을 자네에게 부탁해야겠네.
　　　부디 자네 부인이 내 아내를 잘 돌봐 주면 좋겠어.
　　　그리고 가장 좋은 시기에 두 사람을 모시고 와 주게나.
　　　자, 데스데모나. 당신과 함께 사랑을 나누고
　　　앞일에 관해 이야기를 나눌 시간이 이제
　　　한 시간밖에 남지 않았군요. 시간을 지켜야 해요.

　오셀로는 자신이 절대적으로 신임하는 기수(旗手) 이아고와 데스데모나를 남겨 두고 먼저 출발한다. 이아고는 오셀로의 총애를 한 몸에 받고 있었지만, 겉과 속이 다른 교활한 인물이다. 그는 오셀로가 유능한 자신 대신 캐시오를 부관으로 승진시키고, 자신의 아내와 부정한 짓을 저질렀다고 의심한다. 또한 자신보다 능력이 뒤떨어지는 캐시오에게 부관 자리를 빼앗겼다는 생각에 오셀로와 캐시오에게 원한을 품으며 복수를 다짐한다.

이아고 그건 단지 피 끓는 욕정이며,

의지가 허락한 결과입니다.

자, 남자답게 구세요. 물에 빠져 죽어 버리겠다고요?

차라리 고양이나 강아지를 익사시키십시오.

저는 나리의 친구입니다.

그러니 나리를 단단한 줄로 묶어 두겠습니다.

지금이야말로 제가 나리를 가장 잘 도울 수 있는 때입니다.

지갑에 돈을 준비해 두세요.

그리고 이번 전쟁에 따라나서십시오.

가짜 수염을 준비해 변장하세요.

반드시 지갑에 돈은 챙기셔야 합니다.

데스데모나의 사랑이 그리 오래갈 수 없습니다.

그녀를 향한 무어인의 사랑 또한 마찬가지고요.

지갑에 돈을 준비하세요.

그들이 순간적으로 격렬하게 사랑에 빠졌으니

그와 마찬가지로 이별을 맞을 겁니다.

지갑에 돈만 준비하면 끝나는 거지요.

이아고는 복수와 더불어 데스데모나를 흠모하는 로더리고의 마음을 이용해 계략을 꾸민다. 키프로스섬에 도착한 이아고는 술에 약한 캐시오에게 잔뜩 술을 먹인 뒤 싸움에 휘말리게 만들어 그를 파면시킨다. 그러자 이아고는 캐시오에게 데스데모나를 통해 오셀로에게 복직을 시켜 달라는 부탁을 하라고 권한다. 착하고 순수한 데스데모나는 캐시오의 안

타까운 사정을 듣고는 오셀로에게 그를 복직시켜 달라고 간청한다. 이아고는 이 틈을 노려 오셀로에게 데스데모나와 캐시오가 몰래 만나고 있다며 거짓을 고한다. 또한 그는 아내를 시켜 데스데모나의 손수건을 몰래 훔쳐 캐시오의 방에 떨어뜨려 놓는다.

오셀로 저 친구는 정직할 뿐만 아니라 세상 물정도 잘 알아.
인간관계의 심리도 꿰뚫고 있어.
만약 내 아내가 길들일 수 없는 매라는 게 확인된다면,
그 발목의 줄이 혹시라도 내 심장의 끈이라 하더라도
호루라기를 불어 날려 보낼 거야. 바람에 몸을 맡기고
자유롭게 날아다니며 먹이를 찾을 수 있게 할 거야.
나는 피부색이 검고 다른 정치가들처럼
말이 능수능란하지 않아.
나이가 그리 많지는 않지만, 조금 먹은 탓에
그녀가 떠나는 걸지도 모르지. 난 그녀에게 버림받았어.
내가 구원을 받는 방법은 그녀를 미워하는 것뿐이구나.
아, 저주스러운 나의 결혼이여! 이 사랑스러운 여인을
내 것이라고 말할 수는 있지만,
그녀의 성욕은 내 것이 아니구나!
사랑하는 이를 다른 자에게 내맡기고
한쪽만 차지할 바에는
차라리 두꺼비로 변해 지하 감옥의 습기를 먹고 살 것이다.

(…)

오셀로 내가 다시 온 세상을 두고 맹세컨대

나는 내 아내가 정숙한 것 같기도 하고,

아닌 것 같기도 하다네.

자네가 옳은 것 같기도 하고, 아닌 것 같기도 하고.

그러니 증거가 필요하다네.

오셀로와 데스데모나는 서로를 너무도 사랑했기에 처음에 그는 이아고의 말을 믿지 않는다. 하지만 오셀로는 '정직한 이아고'를 절대적으로 신임하고 있었고, 자신이 데스데모나에게 처음으로 선물한 소중한 손수건을 캐시오가 가지고 있는 것을 보자 아내를 점점 의심하게 된다. 계속되는 이아고의 계략으로 아내에 대한 그의 의심은 결국 확신으로 바뀌어 버린다.

오셀로 아, 그놈의 목숨이 4만 개라면 좋겠구나!

하나의 목숨으로 내 복수를 보여 주기엔

너무 부족하구나.

이제야 나는 네 말을 믿을 수 있게 되었다.

보아라, 이아고.

나의 미련한 사랑을 이제 하늘로 날려 보내겠다.

사랑은 사라졌구나.

검은 복수여, 일어나거라. 텅 빈 지옥의 방에서

나오소서.

오, 사랑이여, 굴복하라. 너의 왕관과 가슴속 권좌를

> 흉악한 증오심에 넘기거라.
>
> 가슴아, 부풀어 올라라. 독사의 혀에서 나온 독으로!
>
> (…)
>
> **오셀로** 저주받을 음탕한 계집! 오, 지옥 불에 떨어지라지!

아내를 너무도 사랑했기에 충격을 감당할 수 없었던 오셀로는 분노하며 결국 데스데모나를 자신의 손으로 목 졸라 죽이고 만다.

한편, 이아고는 데스데모나를 흠모하던 로더리고를 이용해 캐시오를 죽이려고 하지만 그는 중상을 입고 살아남는다. 이아고의 악행은 여기서 그치지 않는다. 그는 자신의 완전 범죄를 위해 로더리고마저 죽인다. 하지만 그의 계략은 여기까지였다. 이아고의 아내 에밀리아가 오셀로에게 모든 진실을 고백했기 때문이다. 이에 화가 난 이아고는 에밀리아를 칼로 찔러 죽인다. 에밀리아의 증언과 로더리고가 남긴 편지를 통해 사건의 진실을 알게 된 오셀로는 분노하며 이아고를 칼로 찔러 부상을 입힌다.

> **오셀로** 잠깐만, 내 가기 전에 한두 마디 할 수 있겠소?
>
> 나는 지금까지 베니스를 위해 일했고, 그들도 알고 있다오.
>
> 그러니 그 이야기는 그만하겠소. 부탁하건대,
>
> 내 불행한 사건을 편지로 보고하실 때
>
> 나에게 일어난 일을 그대로 말해 주시오.
>
> 죄를 작게 만들지도 말고, 크게 꾸미지도 말아 주시오.

그리고 이렇게도 말해 주시오.
지혜롭게 사랑하지는 못했지만, 많이 사랑한 자라고.
쉽게 질투하지는 않았지만, 한 번 질투에 사로잡혀
극단적으로 혼란에 빠진 것뿐이라고.
순진한 인도 사람처럼 자기 손으로 직접
자기가 가진 전부보다 더 귀중한 진주를 던진 자라고.
어떤 힘든 고난에도 눈물 흘린 일이 적지만,
아라비아고무나무에서 수액이 흘러나오듯
눈물을 흘렸다고. 그렇게 덧붙여 설명해 주시오.

오셀로는 믿었던 충신 이아고에 대한 배신감과 어리석은
자신에 대한 자괴감으로 결국 스스로 목숨을 끊는다. 그간 저
지른 악행의 전말이 낱낱이 드러난 이아고는 체포되고, 오셀
로의 뒤를 이어 캐시오가 키프로스섬의 총독이 된다.

3. 마치며

앞서 언급했듯 셰익스피어의 4대 비극 중 하나인「오셀로」
는 셰익스피어의 창작력이 절정에 이르렀을 때 쓰인 작품이
다.

전장을 주름잡던 장군 오셀로는 이아고라는 간교한 부하
의 말에 휘둘리며 질투심에 사로잡혀 분별력을 잃고 파멸하
는 인물이다. 그는 사랑했던 아내 데스데모나를 음탕한 여자
로 오해해 자신의 손으로 그녀를 직접 죽인다. 오셀로는 그간

쌓아 온 명예로운 지위를 박탈당하는 것은 물론, 어리석은 자신을 자책하며 결국 스스로 목숨을 끊는 비참한 최후를 맞이한다. 그는 용맹하고 우직했으며, 아내 데스데모나를 진심으로 사랑하던 장군이었기에 그의 파멸은 더욱더 가슴 아픈 비극으로 다가온다.

이 작품에서 오셀로를 파멸로 이끄는 이아고는 질투심과 오해에서 비롯된 탐욕과 복수심으로 주변 사람들을 이간질하며 악행을 저지르는 인물이다. 이아고는 악인이지만 사람의 마음을 누구보다 잘 파악할 줄 아는 똑똑한 인물이며, 사람의 심리를 이용해 자신의 목적을 하나씩 이루어 내는 계획적이고 교활한 인물이다.

사람 사이의 관계는 신뢰로 유지되며, 사랑 역시 서로에 대한 믿음 없이는 불가능하다. 데스데모나를 누구보다 사랑했던 오셀로는 아내에 대한 믿음이 강했기에 그만큼 배신감도 컸을 것이다. 하지만 아내의 말은 제대로 들어 보지도 않고 오직 이아고의 말과 정황 증거만으로 한순간에 고결하고 사랑스러운 아내를 추악하고 음탕한 여자로 오해하는 어리석음을 저지른 그의 현명하지 못한 처사는 비난받아 마땅할 것이다. 어쩌면 독자들은 답답할 정도로 우매한 오셀로나 마냥 순수하고 착하기만 한 데스데모나보다, 비록 악인이지만 처세에 능하고 사람의 심리를 간파할 줄 아는 '똑똑한 이아고'에게 매료될지도 모르겠다. 이아고와 그의 아내 에밀리아는 극의 열쇠를 쥐고 있는, 작품에 활기를 더하는 인물이기도 하다.

이처럼 셰익스피어는 다양하고 입체적인 인물들을 등장시켜 작품 전개에 긴장을 늦추지 않는다. 또한 셰익스피어의 다른 작품 해설에서도 몇 차례 언급했듯,「오셀로」의 문체 역시 운율을 살린 운문체로 쓰였기에 섬세하고 아름답다. 이러한 문체는 셰익스피어 특유의 매력이 가장 잘 드러나는 중요한 요소이기에 시적인 문체를 살려 글자 수를 맞추는 것은 역자들이 가장 고심하는 부분이기도 하다.

가지지 못한 것에 대한 인간의 욕망과 질투, 어리석은 실수를 저지른 후 느끼는 자책과 후회는 세월이 흘러 시대가 바뀌어도 변하지 않는, 불완전한 존재인 우리에게 주어진 불가피한 비극이다. 그 비극을 얼마나 줄일 수 있을지, 또 그 비극을 어떻게 보다 덜 비극적으로, 더 나아가 희극으로 전환할 수 있는가에 대한 문제는 각자의 몫에 달려 있다. 모쪼록 독자들이 이 책을 통해 오셀로의 우매함에 깊이 공감하며 그를 위로해 주기를, 그리하여 그보다는 지혜롭고 현명해지기를 바란다.

작가 연보

1564년 잉글랜드 스트랫퍼드 어폰 에이번에서 태어남. 존 셰익스피어와 메리 아든 사이에서 8남매 중 맏아들로 출생.

1577년 가정 형편 때문에 학업을 중단함.

1582년 여덟 살 연상인 앤 해서웨이와 결혼함.

1583년 첫 딸인 수잔나가 태어남.

1585년 아들 햄닛과 딸 쥬디스 쌍둥이 남매가 태어남.

1588~1589년 런던에서 최초 극작품들이 공연됨.

1590~1592년 「베로나의 두 신사」, 「실수 연발」, 「헨리 6세」(1, 2, 3부)를 창작함. 로버트 그린의 "벼락출세한 이"라는 언급을 통해 런던 연극계에서 셰익스피어의 이름이 처음으로 거론됨.

1593~1594년 장시인 「비너스와 아도니스」와 「루크리스의 능욕」을 발표함. 「말괄량이 길들이기」를 창작함.

1595~1597년 「로미오와 줄리엣」, 「리처드 2세」, 「존 왕」, 「한

여름 밤의 꿈」,「사랑의 헛수고」를 창작함. 1595년에 챔벌린 극단의 주주가 됨. 이때부터 배우, 극작가, 주주로 활동이 시작됨.

1596년 아들 햄닛이 11세의 나이로 사망함.

1597~1598년「헨리 4세」(1, 2부),「헨리 5세」,「헛소동」을 창작함.

1599년 글로브 극장을 건립함.

1598~1600년「헨리 5세」,「줄리어스 시저」,「뜻대로 하세요」를 창작함.

1600~1601년「햄릿」,「윈저의 즐거운 아낙네들」,「십이야」를 창작함.

1601년 아버지 존 셰익스피어가 사망함.

1602년「트로일러스와 크레시다」를 창작함.

1603~1605년「오셀로」,「끝이 좋으면 다 좋아」,「아테네의 타이먼」을 창작함.

1605~1606년 「리어 왕」, 「맥베스」, 「안토니와 클레오파트라」를 창작함.

1607년 「페리클리즈」를 창작함.

1608년 「코리오레이너스」를 창작함. 어머니 메리 아든이 사망함.

1609년 「심벨린」, 「소네트의 집」을 출판함. 셰익스피어의 극단이 블랙프라이어즈 극장을 매입함.

1610년 런던에서 스트랫퍼드로 귀향함.

1613~1614년 「헨리 8세」, 「두 귀족 친척」을 창작함.

1616년 사망해 스트랫퍼드 어폰 에이번의 성 트리니티 교회에 안장됨.

거장의 숨소리를 만나는 특별한 여행

001 | **위대한 개츠비 × F. 스콧 피츠제럴드** Francis Scott Key Fitzgerald
- 〈타임〉 선정 '현대 100대 영문 소설' • 랜덤하우스 선정 '20세기 100대 영문 소설' 2위
- BBC 선정 '반드시 읽어야 할 고전'

002 | **동물농장 × 조지 오웰** George Orwell
- 〈타임〉 선정 '현대 100대 영문 소설' • 미국 대학위원회 SAT 추천 도서 • 〈뉴스위크〉 선정 '세계 100대 명저' • BBC 선정 '지난 1,000년간 최고의 문학가' 3위

003 | **노인과 바다 × 어니스트 헤밍웨이** Ernest Hemingway
- 노벨 연구소 선정 '세계 문학 100대 작품' • 〈뉴스위크〉 선정 '세상을 움직인 100권의 책'
- 우리나라 문인이 가장 선호하는 '세계 문학 100선'

004 | **데미안 × 헤르만 헤세** Herman Hesse
- 미국 대학위원회 SAT 추천 도서 • 1946년 노벨 문학상 수상 작가 • 우리나라 문인이 가장 선호하는 '세계 문학 100선'

005 006 007 | **오만과 편견 × 제인 오스틴** Jane Austen
- 미국 대학위원회 SAT 추천 도서 • 노벨 연구소 선정 '세계 문학 100대 작품'
- BBC 선정 '지난 1,000년간 최고의 문학가' 2위

008 009 | **1984 × 조지 오웰** George Orwell
- 〈타임〉 선정 '현대 100대 영문 소설' • 〈뉴스위크〉 선정 '역대 세계 최고의 책' 2위
- BBC 선정 '지난 1,000년간 최고의 문학가' 3위

010 | **이방인 × 알베르 카뮈** Albert Camus
- 미국 대학위원회 SAT 추천 도서 • 1957년 노벨 문학상 수상 작가 • 노벨 연구소 선정 '세계 문학 100대 작품' • 우리나라 문인이 가장 선호하는 '세계 문학 100선'

011 │ 젊은 베르테르의 슬픔 × 요한 볼프강 폰 괴테 Johann Wolfgang von Goethe
- 미국 대학위원회 SAT 추천 도서
- 서울대학교 선정 '세계 문학 작품 100'

012 013 │ 페스트 × 알베르 카뮈 Albert Camus
- 1957년 노벨 문학상 수상 작가 • 서울대학교 선정 '고전 200선'
- 국립중앙도서관 선정 '고전 100선'

014 │ 인간 실격 × 다자이 오사무 Dazai Osamu
- 〈뉴욕타임스〉 선정 '일본 문학'

015 │ 변신 × 프란츠 카프카 Franz Kafka
- 미국 대학위원회 SAT 추천 도서 • 서울대학교 선정 '권장 도서 100선'
- 연세대학교 선정 '필독 도서 200선'

016 017 │ 그리스인 조르바 × 니코스 카잔차키스 Nikos Kazantzakis
- 미국 대학위원회 SAT 추천 도서 • 노벨 연구소 선정 '세계 문학 100대 작품'
- 우리나라 문인이 가장 선호하는 '세계 문학 100선'

018 │ 지킬박사와 하이드 × 로버트 루이스 스티븐슨 Robert Louis Stevenson
- 아마존 선정 '일생에 읽어야 할 100권의 책'
- 〈옵서버〉 선정 '가장 위대한 소설 100권'
- 우리나라 문인이 가장 선호하는 '세계 문학 100선'

019 │ 사람은 무엇으로 사는가 × 레프 니콜라예비치 톨스토이 Leo Nikolayevich Tolstoy
- 영어권 문학가들이 뽑은 '가장 좋아하는 작가'

020 │ 어린 왕자 × 앙투안 드 생텍쥐페리 Antoine Marie Roger De Saint Exupery
- 아마존 선정 '일생에 읽어야 할 100권의 책'
- 우리나라 교수들이 뽑은 '다시 읽고 싶은 책 33선' 10위

021 │ 오 헨리 단편선 × 오 헨리 O. Henry
- 서울대학교 추천 도서 • 서울시 교육청 추천 도서

022 | 수레바퀴 아래서 × 헤르만 헤세 Herman Hesse
- 1946년 노벨 문학상 수상 작가 • 서울대학교 선정 '고전 200선'

023 | 프랑켄슈타인 × 메리 셸리 Mary Shelley
- 〈옵서버〉 선정 '가장 위대한 소설 100권'
- 〈뉴스위크〉 선정 '세계 100대 명저'

024 | 사양 × 다자이 오사무 Dazai Osamu
- 다자이 오사무 최고의 베스트셀러

025 | 탈무드 × 유대인 랍비들 Jewish Rabbis
- 5,000년 유대인 지혜의 책

026 | 싯다르타 × 헤르만 헤세 Herman Hesse
- 1946년 노벨 문학상 수상 작가

027 | 햄릿 × 윌리엄 셰익스피어 William Shakespeare
- 미국 대학위원회 SAT 추천 도서 • 〈뉴스위크〉 선정 '세계 100대 명저'
- 서울대학교 선정 '권장 도서 100선' • 국립중앙도서관 선정 '청소년 권장 도서'

028 | 인형의 집 × 헨리크 입센 Henrik Ibsen
- 2001년 자필 원고 유네스코 세계기록유산 지정

029 030 | 안나 카레니나 × 레프 톨스토이 Leo Nikolayevich Tolstoy
- 〈옵서버〉 선정 '인류 역사상 가장 훌륭한 책' • BBC 선정 '반드시 읽어야 할 고전'
- 〈뉴스위크〉 선정 '세계 100대 명저' • 서울대학교 선정 '권장 도서 100선'

031 032 | 마담 보바리 × 귀스타브 플로베르 Gustave Flaubert
- 미국 대학위원회 SAT 추천 도서 • 〈뉴스위크〉 선정 '세계 최고의 책 50선'

033 | 체호프 단편선 × 안톤 체호프 Anton Pavlovich Chekhov
- 노벨 연구소 선정 '세계 문학 100대 작품'
- 1888년 푸시킨상 수상 작가

034 035 | 도리언 그레이의 초상 × 오스카 와일드 Oscar Wilde
• 미국 대학위원회 SAT 추천 도서
• 〈동아일보〉 선정 '우리나라 명사들의 추천 도서'

036 | 로미오와 줄리엣 × 윌리엄 셰익스피어 William Shakespeare
• 미국 대학위원회 SAT 추천 도서
• 서울대학교 선정 '동서 고전 200선'

037 | 에드거 앨런 포 단편선 × 에드거 앨런 포 Edgar Allan Poe
• 미국 대학위원회 SAT 추천 도서 • 노벨 연구소 선정 '세계 문학 100대 작품'

038 | 지하로부터의 수기 × 표도르 미하일로비치 도스토옙스키 Fjodor Mikhailovich Dostoevskii
• 최초의 실존주의 소설
• 도스토옙스키의 사상적 전환이 담긴 작품

039 | 자기만의 방 × 버지니아 울프 Adeline Virginia Woolf
• 〈르몽드〉 선정 '20세기 최고의 책 100권'

040 | 리어왕 × 윌리엄 셰익스피어 William Shakespeare
• 미국 대학위원회 SAT 추천 도서
• 〈뉴스위크〉 선정 '세계 100대 명저'
• 〈가디언〉 선정 '권장 도서'

*** | 예언자 × 칼릴 지브란 Kahlil Gibran
• 성경 다음으로 많이 읽힌 책

*** | 적과 흑 1~2 × 스탕달 Stendhal
• 국립중앙도서관 선정 '청소년 권장 도서'

*** | 폭풍의 언덕 × 에밀리 브론테 Emily Bronte
• 미국 대학위원회 SAT 추천 도서 • BBC 선정 '반드시 읽어야 할 고전'
• 〈옵서버〉 선정 '인류 역사상 가장 훌륭한 책'
• 국립중앙도서관 선정 '청소년 권장 도서'

*** | 독일인의 사랑 × 프리드리히 막스 뮐러 Friedrich Max Müller
• 한국출판문화산업진흥원 선정 '대학 신입생 추천 도서'

*** | 이상한 나라의 앨리스 × 루이스 캐럴 Lewis Carroll
• BBC 선정 '영국인이 즐겨 읽은 책 100선' • 영국 최고 아동 도서 50선

*** | 두 도시 이야기 × 찰스 디킨스 Charles John Huffam Dickens
• 미국 대학위원회 SAT 추천 도서 • 미국 하버드대학교 선정 '신입생 추천 도서'

*** | 오페라의 유령 × 가스통 르루 Gaston Leroux
• 세계 4대 뮤지컬인 〈오페라의 유령〉 원작

*** | 월든 × 헨리 데이비드 소로 Henry David Thoreau
• 미국 대학위원회 SAT 추천 도서

*** | 킬리만자로의 눈 × 어니스트 헤밍웨이 Ernest Hemingway
• 1954년 노벨 문학상 수상 작가

*** | 오즈의 마법사 × 라이먼 프랭크 바움 L. Frank Baum
• 미국 대학위원회 SAT 추천 도서
• 연세대학교 선정 '필독 도서'

*** | 레 미제라블 1~5 × 빅토르 위고 Victor Marie Hugo
• 세계 4대 뮤지컬인 〈레 미제라블〉 원작 • WTO 북클럽 추천 도서

*** | 파우스트 1~2 × 요한 볼프강 폰 괴테 Johann Wolfgang von Goethe
• 미국 대학위원회 SAT 추천 도서 • 서울대학교 선정 '권장 도서 100선'
• 국립중앙도서관 선정 '청소년 권장 도서'

*** | 바냐 아저씨 × 안톤 체호프 Anton Pavlovich Chekhov
• 서울·대학교 선정 '동서 고전 100선'

*** | 바람이 분다 × 호리 다쓰오 Tatsuo Hori
• 애니메이션 〈바람이 분다〉 원작

*** | 세 가지 질문 × 레프 니콜라예비치 톨스토이 Leo Nikolayevich Tolstoy
- 영어권 문학가들이 뽑은 '가장 좋아하는 작가'

*** | 맥베스 × 윌리엄 셰익스피어 William Shakespeare
- 미국 대학위원회 SAT 추천 도서 • 서울대학교 선정 '권장 도서 100선'
- 연세대학교 선정 '필독 도서 200선' • 국립중앙도서관 선정 '청소년 권장 도서'

*** | 외투 · 코 × 니콜라이 바실리예비치 고골 Nikolai Vasilievich Gogol
- 러시아 단편 소설의 모태가 된 작품

*** | 좁은 문 × 앙드레 지드 Andr-Paul-Guillaume Gide
- 1947년 노벨 문학상 수상 작가

*** | 벚꽃 동산 × 안톤 체호프 Anton Pavlovich Chekhov
- 세계 3대 단편 소설 작가의 극작품 • 1888년 푸시킨상 수상 작가

*** | 벤자민 버튼의 시간은 거꾸로 간다 × F. 스콧 피츠제럴드 Francis Scott Key Fitzgerald
- 영화 〈벤자민 버튼의 시간은 거꾸로 간다〉 원작

*** | 눈의 여왕 × 한스 크리스티안 안데르센 Hans Christian Andersen
- 노벨 연구소 선정 '세계 문학 100대 작품' • 세계를 움직인 100권의 책

*** | 개를 데리고 다니는 여인 × 안톤 체호프 Anton Pavlovich Chekhov
- 노벨 연구소 선정 '세계 문학 100대 작품' • 서울대학교 선정 '고전 200선'
- 1888년 푸시킨상 수상 작가

*** | 이솝 이야기 × 이솝 Aesop
- 서울 독서교육연구회 권장 도서 • 어린이 독서위원회 권장 도서

*** | 무기여 잘 있거라 × 어니스트 헤밍웨이 Ernest Hemingway
- 1954년 노벨 문학상 수상 작가

*** | 네 개의 서명 × 아서 코난 도일 Arthur Conan Doyle
- BBC 드라마 〈셜록〉 원작

*** | 배스커빌가의 개×아서 코난 도일 Arthur Conan Doyle
- BBC 드라마 〈셜록〉 원작

*** | 미녀와 야수×쟌 마리 르 프랭스 드 보몽 Jeanne-Marie Leprince de Beaumont
- 애니메이션 〈미녀와 야수〉 원작

*** | 공포의 계곡×아서 코난 도일 Arthur Conan Doyle
- BBC 드라마 〈셜록〉 원작

*** | 주홍색 연구×아서 코난 도일 Arthur Conan Doyle
- BBC 드라마 〈셜록〉 원작

*** | 제인 에어 1~2×샬럿 브론테 Charlotte Bronte
- 〈옵서버〉 선정 '인류 역사상 가장 훌륭한 책' • 〈가디언〉 선정 '세계 100대 최고의 책'
- BBC 선정 '반드시 읽어야 할 고전' • 미국 대학위원회 SAT 추천 도서

*** | 피아노 치는 여자×엘프리데 옐리네크 Elfriede Jelinek
- 2004년 노벨 문학상 수상 작가

*** | 왼손잡이×니콜라이 레스코프 Nikolai Semyonovich Leskov
- 러시아 사람들이 가장 좋아하는 소설

*** | 마음×나쓰메 소세키 Natsume Sosek
- 서울대학교 선정 '권장 도서 100선'

*** | 실낙원 1~2×존 밀턴 John Milton
- 단테의 『신곡』과 함께 '최고의 기독교 서사시'로 꼽히는 작품

*** | 복낙원×존 밀턴 John Milton
- 기독교 서사시 『실낙원』의 속편

*** | 테스 1~2×토머스 하디 Thomas Hardy
- 미국 대학위원회 SAT 추천 도서 • BBC 선정 '영국인이 사랑한 도서 100선'
- 서울대학교 선정 '고등학생 권장 도서 100선'

*** | 어머니 이야기 × 한스 크리스티안 안데르센 Hans Christian Andersen
- 1846년 덴마크 단네브로 훈장 수상 작가

*** | 야간 비행 × 앙투안 드 생텍쥐페리 Antoine Marie Roger De Saint Exupery
- 1931년 페미나 문학상 수상 작가

*** | 톰 소여의 모험 × 마크 트웨인 Mark Twain
- 1876년 출간 이후 절판된 적이 없는 스테디셀러

*** | 포로기 × 오오카 쇼헤이 Shohei Ooka
- 제1회 요코미쓰 리이치상 수상 작가

*** | 인공호흡 × 리카르도 피글리아 Ricardo Piglia
- 1997년 플라네타상 수상 작가
- 아르헨티나 작가 선정 '아르헨티나 역사상 가장 위대한 10대 소설'

*** | 정글북 × 조지프 러디어드 키플링 Joseph Rudyard Kipling
- 1907년 노벨 문학상 최연소 수상 작가 • 애니메이션, 영화 〈정글북〉 원작

*** | 신곡-연옥 × 단테 알리기에리 Alighieri Dante
- 미국 대학위원회 SAT 추천 도서 • 〈뉴스위크〉 선정 '세계 100대 명저'
- 서울대학교 선정 '권장 도서 100선' • 국립중앙도서관 선정 '고전 100선'

*** | 황금 물고기 × J.M.G. 르 클레지오 Jean-Marie-Gustave Le Clezio
- 2008년 노벨 문학상 수상 작가

*** | 판탈레온과 특별봉사대 × 마리오 바르가스 요사 Mario Vargas Llosa
- 〈포린 폴리시〉 선정 '가장 영향력 있는 지식인 100인' • 1994년 세르반테스상 수상 작가

*** | 잠자는 숲속의 공주 × 샤를 페로 Charles Perrault
- 애니메이션 〈잠자는 숲속의 공주〉 원작

*** | 나귀 가죽 × 오노레 드 발자크 Honore de Balzac
- 작가의 '철학 연구'의 첫 번째 자리에 배치된 작품

*** | 노예 12년 × 솔로몬 노섭 Solomon Northup
• 영화 〈노예 12년〉 원작

*** | 둔황 × 이노우에 야스시 Yasushi Inoue
• 1960년 제1회 마이니치예술대상 수상작 • 1976년 일본 문화 훈장 수상 작가

*** | 어느 어릿광대의 견해 × 하인리히 뵐 Heinrich Boll
• 1972년 노벨 문학상 수상 작가

*** | 웃는 남자 1~3 × 빅토르 위고 Victor Marie Hugo
• 영화, 뮤지컬 〈웃는 남자〉 원작 • 한국간행물윤리위원회 선정 '청소년 권장 도서'

*** | 휴먼 스테인 × 필립 로스 Philip Roth
• 1997년 퓰리처상 소설 부문 수상 작가

*** | 바보들을 위한 학교 × 사샤 소콜로프 Sasha Sokolov
• 1996년 푸시킨 메달 수상 작가

*** | 톰 아저씨의 오두막 1~2 × 해리엇 비처 스토 Harriet Beecher Stowe
• 미국 최초의 밀리언셀러 소설

*** | 아버지와 아들 × 이반 세르게예비치 뚜르게네프 Ivan Sergeevich Turgenev
• 미국 대학위원회 SAT 추천 도서 • 서울대학교 선정 '동서 고전 200선'
• 우리나라 문인이 가장 선호하는 '세계 문학 100선'

*** | 베니스의 상인 × 윌리엄 셰익스피어 William Shakespeare
• BBC 선정 '지난 1,000년간 최고의 문학가' 1위

*** | 해부학자 × 페데리코 안다아시 Federico Andahazi
• 16세기에 실존한 해부학자 마테오 콜롬보를 다룬 소설

*** | 긴 이별을 위한 짧은 편지 × 페터 한트케 Peter Handke
• 1979년 카프카상 수상 작가

*** | 호텔 뒤락 × 애니타 브루크너 Anita Brookner
• 1984년 부커상 수상 작가 • 1990년 대영제국 커맨더 훈장 수상 작가

*** | 잔해 × 쥘리앵 그린 Julien Green
• 1970년 아카데미 프랑세즈 문학 대상 수상 작가

*** | 절망 × 블라디미르 나보코프 Vladimir Nabokov
• 1931년 독일의 살인 사건을 다룬 소설

*** | 더버빌가의 테스 × 토머스 하디 Thomas Hardy
• 1910년 공로 훈장 수상 작가

*** | 몰락하는 자 × 토마스 베른하르트 Thomas Bernhard
• 1983년 프레미오 몬델로상 수상 작가

*** | 한밤의 아이들 1~2 × 살만 루슈디 Salman Rushdie
• 문학사상 최초로 부커상 3회 수상 작품

생각뿔 세계문학 미니북 클라우드 라이브러리는 계속 출간됩니다.
*** 근간 목록은 발간 순에 따라 변경될 수 있습니다.

번역 및 해설 | 엄인정

국민대학교 국어국문학과를 졸업하고 동 대학원에서 국어교육학을 전공했다. 현재 단행본 편집과 영한 번역 업무를 병행하며 프리랜서로 활동 중이다. 옮긴 책으로는 『데미안』, 『톨스토이 단편선』, 『오만과 편견』, 『카프카 단편선』, 『그리스인 조르바』 등이 있다.

오셀로

1판 1쇄 발행 2019년 4월 15일

지은이 윌리엄 세익스피어
옮긴이 엄인정
해설 엄인정
펴낸이 생각투성이
편집 안주영, 김형아
디자인 생각을 머금은 유니콘
마케팅 김사랑

발행처 생각뿔
주소 서울시 서초구 반포동 66-1 코웰빌딩 102호
등록번호 제233-94-00104호
전화 02-536-3295
팩스 02-536-3296
커뮤니티 www.facebook.com/tubook2018 (페이스북)
e-mail tubook@naver.com
ISBN 979-11-89503-68-0 (04800)
       979-11-964400-8-4 (세트)

생각뿔은 '생각(Thinking)'과 '뿔(Unicorn)'의 합성어입니다.
신화 속 유니콘의 신성함과 메마르지 않는 창의성을 추구합니다.